FLORET
READING

小花阅读

我们只写有爱的故事

青春阅读 幸得相见

图书在版编目（CIP）数据

美好如你/狸子小姐著. -- 贵阳：贵州人民出版社, 2016.9（2020.1重印）
ISBN 978-7-221-13491-2

Ⅰ.①美… Ⅱ.①狸… Ⅲ.①长篇小说－中国－当代 Ⅳ.①I247.5

中国版本图书馆CIP数据核字(2016)第211076号

美好如你

狸子小姐 著

出版统筹	陈继光
选题策划	大鱼文化
责任编辑	潘　乐
流程编辑	唐　博
特约编辑	曾雪玲　层　楼
装帧设计	刘艳昆词
出版发行	贵州人民出版社（贵阳市观山湖区会展东路SOHO办公区A座，邮编：550081）
印　　刷	三河市华东印刷有限公司
开　　本	880×1230毫米 1/32
字　　数	155千字
印　　张	9
版　　次	2016年11月第1版
印　　次	2016年11月第1次印刷 2020年1月第2次印刷
书　　号	ISBN 978-7-221-13491-2
定　　价	39.80元

版权所有 盗版必究。举报电话：策划部0851-86828640
本书如有印装问题，请与印刷厂联系调换。联系电话：0731-82755298

美好如你

FLORET
READING

狸子小姐 / 著

MEIHAO RUNI

贵州出版集团
贵州人民出版社

|小花阅读|

【一生一遇】系列第二季

《春风拂我》
笙歌 / 著

标签: 一不小心就成了网红 / 迷妹与男神 / 互撩日常 / 甜暖童话

有爱内容简读:
"我昨天说的话，你考虑好了吗？"
南森牢牢地抓住夏未来的手，好像是不让她再有落跑的可能性。
他脸上看似一派轻松，可夏未来无比清楚地知道他有多紧张，从他不同往日的拘谨声线、被握住的手心里微微泛起的汗意，以及他现在凝视自己的眼神。
没来由地，她就知道他所有细微举动中蕴藏着的含义。
突然，夏未来一直悬在半空，不得安宁的心轻松了起来。她纠结了很久的事情也终于有了答案。
她点头，刚想开口说什么就被南森抱了个满怀。
他埋在夏未来的肩颈处，呼出的热气一扇一扇地扑在她露在空气中的肌肤上，仿佛一片羽毛划过心间，让她全身都战栗起来。
"你答应了吗？夏未来。"

《美好如你》
狸子小姐 / 著

标签: 毒舌超能男神 / 初次心动对象 / 乌龙相亲 / 命中注定

有爱内容简读：
关卿看着何霜繁在认真开车的样子，心里莫名一软，原来他爱自己，就像自己爱他一样，想到何霜繁以后就只是一个单纯的人类了，关卿忽然义正词严地保证道："何霜繁，我保证以后一定会好好照顾自己。"
"嗯。"
"那你也不能够再以任何理由拒绝我，或者不理我。"
"嗯。"
"那你会接我下班吗？"
"嗯。"
"那……"
"关卿，我们结婚吧。"
"什么！？"
"嗯，明天就去。"

《四海为他》
打伞的蘑菇 / 著

标签: 悬疑虐恋 / 深情守护 / 仇人与爱人 / 是软肋更是铠甲

有爱内容简读：
胡樾一个用力，将她带入水中。
那时候余海璇还不会游泳，在水里扑腾着，明明觉得自己快要被淹死了，可嘴里还不断地咒骂着胡樾的丧心病狂。
也许是因为胡樾始终在旁边，余海璇也不知道自己怎么就那样学会了游泳，至少自己不会被淹死了。
她紧紧地抓着胡樾的胳膊，心有余悸："胡樾，你是想让我溺死吗？"
胡樾微微搂着她，带着她往岸边划去，状似无意地嗯了声："如果你想的话，宠溺的溺倒也可以考虑。"
"不一样？"
"一个是我，一个是有我的海，要么溺死在我心里，要么溺死在我怀里。"

《鱼在水里唱着歌》
鹿拾尔 / 著

标签:暗戳戳 vs 易炸毛 / 谈恋爱不如破案 / 一言不合就虐狗 / 这很甜宠

有爱内容简读：
思及至此，池川白蓦然轻笑一声，细碎的黑发湿漉漉地黏在他的额角，衬得他的眼睛更加漆黑而深邃。
"我想说。"他望着鱼歌慢慢说，"我想陪你看星星看月亮看太阳，走遍世界的每一处角落，看遍世界的每一处风景……但是，我更想告诉你的是，于我而言，最美的风景是你。"
"你曾问我喜不喜欢你，我仔细想过了，不，不该是喜欢。"池川白定定地望着眼前这个笑得狡黠而得意的小女人，他的嗓音低沉舒缓，"应该是我爱你。"
声音隔着细密的雨点声，轻轻柔柔地落在她耳郭。
"我爱你鱼歌。"

《悄悄》
晏生 / 著

标签:偶遇与重逢 / 催眠术和失眠症是完美的一对 / 并肩同行的爱情

有爱内容简读：
陆城遇没有上车，蹲下来，对叶悄说："我背你回家吧。"
叶悄虽然想四脚离地，一把扑上去，可她没胆儿："我不敢，你身体还没恢复，万一被我压成了重伤，我到哪儿告状去？"
这时候，陆城遇在她心里俨然就是个一碰就碎的花瓶，光看看就很满意了。
叶悄死活不肯趴上去，但又不忍心看陆城遇一脸郁闷的神情，突然灵光乍现，这次换她蹲下来大喊："快来! 快来! 我背你! "
陆城遇顿时就被逗笑了。
这姑娘，真是越来越二了。
他把她从地上拉起来，手指一根根扣在一起："算了，我们还是一起走吧，这样比较靠谱。"
这叫执子之手，与子偕老。

| 作者前言 | 一 个 特 别 的 故 事

　　这个对我来说很特别的故事，当然，我要解释一下，这个很特别不是它的存在对我的意义，而是它真的很特别。

　　嗯！就是这么特别！

　　毕竟，连我都没有享受过和一个僵尸后代谈恋爱的生活呢，倒是让关卿先享用了。

　　写这个故事的过程中，我搬过一次家，这应该算是我第一次走出校园，在此之前，我还一直住在学校宿舍，和几个有着年龄差的学妹。

　　搬家的当天，下着今年长沙不算小的暴雨，中间出现了很多小事故，

比如：到了家之后，发现竟然少了一个人；比如：刚一出门，又被暴雨重新冲刷了一遍，淋了个透彻。甚至还有小伙伴摔伤。

  我发誓，我真的有好几年没有被淋得这么惨了，要是旁边有摄像机，可能还会以为我是一个被男朋友抛弃的虐恋少女吧。

  在写《美好如你》的时候恰好是叙利亚签停战协议那会儿，故事中也有写到这个事情，包括后来的一些事情，在很大程度上满足了我想做一个正义化身的愿望。

  同时也满足了我，在文字的世界中，成功成为一个优秀记者。

  其实，关卿在很大程度上，是我自己对生活的一种态度，在没有对的人时，绝不留情，但是一旦喜欢了，就绝不轻易放弃。

  至于，何霜繁算是一个骑士吧，一路以来保护着关卿，同时他又像是一个胆怯的我，面对喜欢的人，会开始退缩，担心自己不能给对方最好的。

不过幸好，他们还是在一起了。

与此同时，我们"铁岭芭比"在我写"美好"的时候，完成了真正意义上的第一次会晤。

那天，我们分别从四地出发，担忧着要将一趟公交坐到底的露总。

在烈日的温柔抚摸下，成功会合后的我们在我学校附近唱了一次KTV，可是我们号称黄金小曲库的伞，竟然没有唱一首歌，当然，霸道我露也没好到哪儿去。

如果再给我一次机会，我一定养精蓄锐，好好表现。毕竟还是第一次去KTV没有人跟我抢麦的。

至于我们的小仙女璇璇，美妙的声音直接叫我震惊，小仙女果然都是什么都会的。

最后，我不得不废话提一下，"美好"是和我露的《悄悄》，以及伞的《四海为他》一起写的，原以为我和我露那么默契的组合，一定能够将那艘友谊的小船开到宇宙的尽头。

毕竟，伞的速度好比宇宙火箭，我们可没那么先进的技术赶上她。

没想到我露居然半路跑去毕业，就连我以为可以依靠一下伞，也告诉我回去毕业。

喂！你说你们是不是约好的。

最后，明明冲到最前端的伞，居然和我差不多截稿，至于露总，终于赶上了我们那趟末班车。

我只想说一句——

下次我们能不能够约好，好好儿的，同年同月同日截稿啊！

狸子小姐写于美少女办公室
2016年8月18日

目录

MEIHAO
RUNI

001 — **Chapter.1**
关小姐,你这是在玩欲擒故纵?

014 — **Chapter.2**
做朋友?做男女朋友?

024 — **Chapter.3**
如果可以,我倒是希望关小姐可以给我换个形象。比如,小人?

036 — **Chapter.4**
只有知道你在哪儿,我才能在想见你的时候,第一时间找到你。

045 — **Chapter.5**
你说,会忍不住想一直待在一个人身边是不是病了?

054 — **Chapter.6**
我能够相信我自己,但是我不相信他们。

070 — **Chapter.7**
关卿好像不见了!

078 — **Chapter.8**
她忽然感觉,要是何霜繁在的话就一定会没事的。

090 — **Chapter.9**
女婿,你和我女儿在一起多久了?

102 — **Chapter.10**
"关卿,你要告白了?"

113 — **Chapter.11**
何霜繁,难道没有人说过你真的很小气吗?

目录

MEIHAO
RUNI

124 — Chapter.12
这就是你说的加班? 我还不知道, 原来关小姐管这个也叫加班呢。

136 — Chapter.13
何霜繁,我们虽然是朋友,但是你也不可以……

148 — Chapter.14
陆杯就算是医生也是阿猫阿狗的,你去那儿能顶什么用。

161 — Chapter.15
是觉得我现在喜欢你,所以就可以这样对我吗?

175 — Chapter.16
既然明明喜欢我,那你为什么非说不能再联系了呢。

191 — Chapter.17
借酒消愁对你是没有作用的。

203 — Chapter.18
既然在她身边你能够感觉到心跳,也许你们就是命中注定。

215 — Chapter.19
傻瓜,你只要相信我不会让你有事就好了。

234 — Chapter.20
何霜繁,你不是说,只要靠近就会有心跳啊,现在我们都靠得这么近了,难道你感觉不到吗?

250 — Chapter.21
原来他爱自己, 就像自己爱他一样。

264 — 番外一
不会变的话, 我只说一遍

269 — 番外二
我这人向来自私, 不愿意和别人分享你的爱。

美好如你

MEIHAO
RUNI

Chapter.1

关小姐,你这是在玩欲擒故纵?

某科技公司的会客室内,关卿将一切东西都准备就绪之后,等待着对方的到来,对方曾多次表示不喜欢接受任何媒体的采访,关卿简直找遍了各种理由,才终于让对方同意这一次的采访。

为了给对方留一个好印象,关卿并没有过多地打扮,甚至连妆都没有怎么化。衣服上更显朴素,白衬衣加上淡色的牛仔短裙,看上去不会显得很成熟,齐肩的长发被绾起来,又增添了几分干练,整个气质游离于成熟女性和青葱少女之间。

显然对方对于关卿今天的准备很满意,就连回答问题的时候,语气也比当初受邀请的时候好太多。

本来一切都照着关卿预想的方向进行着，结果采访到中间的时候，一个电话毁掉了所有，关卿迅速地掐掉电话，继续前面的问题。

可电话像是下定决心要和她耗到底一样，锲而不舍地一直响着，如此重复了几次之后，一旁的老总不得不提醒道："关小姐，你真的不打算接一下吗？或许是很重要的事情。"

关卿干脆将手机调成静音，礼貌地朝对方笑了笑："就算是再重要的事情，也是要有先后顺序的，比如现在。"

对方是某科技公司的老总，为人也不是很拘谨，对于关卿这种在采访时不专心的举动，表面倒是没有说什么，心里多少还是觉得关卿有些不够格。

关卿自然也看出了对方的不乐意，并没有像平时那样闲谈下去，只是简单地将自己的问题问完，便草草离开。

在关卿整理东西的时候，对方看似漫不经心地提醒："关小姐，这世上除了先后顺序，别忘了还有轻重缓急。"

关卿笑了笑，解释道："谢谢季总教导，不过我想相比于相亲，在这和您谈经济，远要重要得多。"

那人听到关卿的回答之后，开怀大笑，末了才说道："关小姐还真是让我刮目相看，这么好的口才，只是做记者好像屈才了些。"

关卿微微一笑，没有反驳，收拾完自己的东西欠身离开。

在国外待了将近一年的何霜繁终于再次踏上了B市的土地，甚至连呼吸都比国外来得顺畅，本来应该在机场来接他的陆怀，却因为一个临时的手术而不得不留在医院。

何霜繁只好叫了一辆出租车回了自己家中，将行李一放，打算出去走走再找陆怀。

路过一家咖啡厅的时候，他不由自主地走了进去，选了一个靠窗的位置坐下，点了一杯黑咖啡，没有要任何糖。

不过对于他，放不放糖都没有任何关系，反正喝起来都是白开水一样的味道。

他从小就和别人不一样，不能够吃蒜做的任何东西，不然会呼吸困难。那时候他以为自己只是对蒜过敏，可在一向温柔的母亲，忽然像是发了疯一般抓着他的肩膀告诉他不要去碰的时候，何霜繁忽然敏感意识到，那也许根本就不是过敏。

随着年龄的增长，他发现自己和别人的不同之处还有很多，比如运动不管多么激烈，他永远都不会像别人一样感到疲惫，头一天的伤口会在第二天的时候消失得无影无踪。无论看什么都能一眼就记住，没有正常人一样的心跳……

这些疑问他都不敢和母亲说，不敢问她这是为什么，因为他害怕母亲什么都不说将他抱在怀里就开始流眼泪的样子，他不想看着她哭。

所以，他必须努力地像个正常人一样活着。

正当他陷入沉思的时候，余光瞥到人影闪过，面前的空位上出现了一个女人，而且她似乎并不是很愿意出现在这里。

既然不愿意，为什么不换个位置呢？

他看向四周，发现在这个点周围还有好多空位，不禁皱着眉头，疑惑她为什么偏偏要坐在自己前面。

可是，何霜繁除了眉头皱得更深，却并没有像平时一样直接让对方离开，只是伸手拿起桌上的汤匙搅拌着面前的那杯咖啡，发出清脆的声音，看她接下来要做什么。

关卿身上还是下午采访时穿的那一身，绑好的头发因为匆忙赶过来已经有几缕松松垮垮地散下来，比不上先前的干练。

采访一结束她就给关妈妈回了一个电话过去。

电话一接通，关卿还来不及说一句话，就听见对方开始诉说着这段时间找不到她的心情。

"卿卿啊，你怎么能够不接妈妈的电话呢，你知道妈妈有多担心吗？我和你爸差点就去警察局报案了。"

说到去警察局报案这件事，还真发生过，几年前，也就是关妈妈第一次给关卿安排相亲那一次。

当时正在准备考试的关卿，完全没有闲工夫来应对这件事情，就直接将手机关了机，一个人泡在图书馆里看书。

结果到晚上的时候，警察也顺便过来了，不等关卿说上一句话，就听见那警察严肃地说："有人举报你诱拐了他们女儿，还请你跟我们去局里面喝杯茶。"

喝杯茶？她什么时候成诱拐犯了？关卿本能地想要解释，可是看见警察完全不予反驳的态度，关卿觉得在戴上手铐之前，自己还是配合走一趟比较靠谱。

坐在警车里的时候，一个年轻的警察还忍不住问旁边的警察："现在犯人都是如此的气定神闲吗？在警车里还能安心看书，果然有素质的犯人就是不一样。"

旁边那警察看了一眼正在看书的关卿，忍不住称赞道："想必会是一个有出息的罪犯。"

关卿无奈地看了对方两眼，要不是希望他们能够早点结束不耽误明天的考试，她绝对不会这么简单就妥协的。

到了警察局，关卿坐在警察局里喝了整整三杯白开水，才等到举报人，看清他们是谁之后，整个人简直就是一个大写的蒙。

这是要闹哪样，自己被父母举报成诱拐犯了？

还不等关卿从这一场震惊中回过神来，就看到关妈妈拿出平时看电视剧时才有的激情，抱住关爸爸的胳膊就开始哭诉。

"都是你教出来的好女儿,把我那个懂事听话的女儿不知道弄到哪里去了,我不过好心让她去多认识几个人,结果她倒好,居然敢不接我电话,还把手机关机,真是将我的一片苦心扔出去喂了狗啊。"

一旁的警察好像看出来一些不对劲,忍不住问道:"请问,是你们打的举报电话吗?"

终于发现有一个人理她,关妈妈赶紧拿出一百分的热情:"是的就是她,她就是那个犯人,无耻的犯人。"

"不过,我刚刚查了你们好像是一家人吧?"警察小心翼翼地询问。

只见关妈妈高傲地扬起下巴,冷哼一声:"就是她,不知道用了什么手段,把我那个懂事听话的女儿给谋杀了,现在这个会挂我电话的女儿,已经不是我从小抱在怀里的女儿了。"

一旁的警察再傻也看出了今天这场戏不过是一场自导自演的闹剧,但是看在一位母亲的痛心疾首之后,决定不再追究他们的责任,但还是免不了口头上教育一番。

哪知道,关妈妈在认真地听完对方教诲之后,居然诚恳地对警察请求道:"你们还是直接将她关着吧,不然我怕我忍不住再次找你们。"

听到关妈妈说得那么痛心疾首,警察只好转过来,帮着关妈妈开始教育关卿。在几位警察的轮番轰炸下,关卿终于阵亡，对着正直友善的警察叔叔表示，再也不会不听话随便惹妈妈生气了。

自那之后，关卿就再也不敢随便关手机，她可不想再去警察局里面喝上三杯白开水。

"妈，不是说了下午有一个采访，没空吗？"关卿佯装出有些生气地埋怨着。

话一说完，就听见听筒里传来关妈妈凄凉的控诉声："我还没老呢，你就开始这样嫌弃我了，那以后我和你爸老了，你还不将我们直接给扔了，卿卿啊，妈妈好伤心。"

关卿扶额叹息，不情愿地问道："那你有什么需要吩咐的？小的这就去做。"

对面明显地传来一阵得意的笑声，紧接着就听见关妈妈吩咐道："我在你报社旁边的咖啡馆给你订了一个位置，对方是……"

听到这里，关卿已经知道是什么事情了，果然除了这个，就不会有别的事情是可以让她打一下午电话的。

"知道了，穿得好看一点，控制好情绪，好好说话，尽量做到端庄大方识大体。"那拖得长长的尾音，表现了此刻关卿心里浓浓的无奈。

关妈妈倒是没有在意关卿此刻会是什么样的情绪，一听到关卿答应，立即对着电话说："既然知道，那就快去，喵喵已经不开心地瞪我了。"

喵喵是关妈妈在关卿考上大学，离开家里住寝室的时候，关妈妈特地买的一只猫，据说是为了缓解关卿不在的孤单之苦。

这一切到底是怎么样关卿就不知道了，但肯定的是，关卿现在的地位正在受着那只猫的威胁。

去的路上，关卿还给顾安静打了个电话，电话一通，对方就听见关卿烦躁地说："晚上等我。"句子简洁得连寒暄都省了去。

一听关卿这样说，顾安静就知道发生了什么，本来躺在床上玩手机的她，猛地从床上坐起来："阿姨又给你安排相亲了，这次又是哪家的公子哥？"

一听到"相亲"两个字，关卿就觉得头皮开始发麻。

先不说自己还差个两三年才正式步入三十的队伍，就算是，对于她这个职业来说也不是什么新奇的事情。可是不知道为什么自从她选了这个专业开始，她妈妈就慌张得像是她这辈子都嫁不出去一样，隔三岔五地给她安排相亲。

相亲对象，也从旁边阿姨的侄子，一直扩展到了，大表姑家的亲戚的朋友的表外甥。再这样下去，关卿觉得自己的相亲圈子都需要跨越太平洋，寻找异族少年了。

不过这样的想法也不是没有过，就在前几天，她妈还提醒过，要是不喜欢中国人，前几天她路过菜市场看见的外国小伙也不错，虽然黑了点。

听到这儿，关卿连死的心都有了，都说现在男女平等，难道她就不能像男人一样专心奋斗一下事业吗？

"不知道我妈从哪里弄来的，不过听说三十岁都没有谈过一次恋爱，估计好不到哪儿去！"还没有见面，关卿就开始猜测着对方的长相，说到底就是还不想结婚。

顾安静诚恳地提醒道："你好像也没有恋爱过吧，再这样下去，下次被这样说的人恐怕就是你了。"

说到这里关卿只能无言以对，毕竟从小就立志做一个优秀的记者，于是她只有努力地读书，哪里还有空闲来想别的事情。等再想起这件事情的时候，发现大学已经结束了，而自己已经投身到了最热爱的新闻事业中。

这样想起来，关卿还是有一些遗憾的，想想自己年纪轻轻，居然这么有事业心，真是难得啊。

"不过话说回来，你就没有那么一刻想过做个简单且平凡的小女子？"没有听见关卿回答，顾安静只好将自己心中压抑了很多年的疑惑问了出来。

听见顾安静这么问,关卿冷笑两声,冷漠地答道:"再见。"

此刻的关卿,正襟危坐地看着对方,心里不免觉得有些奇怪,这样的长相三十几岁没恋过爱,总觉得有些不对劲。

心里将对方可能说的话做了不下十次的模拟,同时也准备了始终拒绝的方法。

可是他为什么还不开口呢?

关卿下意识地看了一眼墙上的挂钟,他居然在她进来已经十多分钟的情况下没有说一句话,今天的情况和以往的不一样了?

换成平时,以分钟来计算她进来的时间,不出三分钟对方一定会直接开始问她要喝点什么,接着开始紧张地作着自我介绍。

不过今天看上去,她却成了更紧张的那个了。

她试图去观察对方的情况,发现他一直盯着桌上的那杯咖啡,根本就没有理自己,一种再这样下去两人可能要在这里过一夜的预感在心里蔓延之后,关卿决定率先打破这片死寂。

"关卿,记者,二十七岁,天秤座,不打算在三十岁之前结婚,同样,不打算和你有过多的联系,这一切都是我妈的安排,你最好还是看我不顺眼,免得后面我还要费心思拒绝你。"

关卿看着他,发现在自己说完之后,他竟然像是没有听到一般,直到自己忍不住再说什么的时候,他才缓缓地开口,脸上的表情看不出情绪:"关小姐,你这是在玩欲擒故纵?"

自己这是……被拒绝了?关卿还是第一次遇见这样的情况,要知道平时说这种话的人可是自己啊,不过既然事情已经这样了,倒不如直接说清楚。想到这里,关卿干脆直接一横心:"抱歉,面对你,我暂时还不想消耗智商在这上面。"

"就关小姐刚才的举动来看,还是不要提智商两个字为好,我怕它俩觉得丢脸。"

他淡淡地说完,像是没有意识到自己说了多么过分的话,端起桌上的咖啡浅尝了一口。

"你……"关卿被气得直接一拍桌子,直接站起来,居高临下地看着他,怒气冲冲地咬着嘴唇,生怕自己会忍不住爆粗口。她还是第一次遇见这样的人,简直毒舌到刻薄。

你以为我愿意来这里见你吗,要不是被逼无奈,我连出现都不可能出现在这里,怎么可能还让你有机会说这些。

关卿整个被气得炸毛,可是根据前面几句话的情况来看自己未必说得过他。

想了半天,也没有想到有分量到可以一击制敌的话,关卿只好愤怒地伸手拿起一旁的包,起身想要离开。

刚迈出脚,却因为不小心将包里钩到了桌角,自己被外力拉回了椅子上不算，东西还掉了一地。

还真是屋漏又遭连夜雨，关卿无奈地叹了口气，只好蹲下去开始捡东西，却被忽然伸出来的一只手拉起来，一个天旋地转，给按在了对方刚才坐的椅子上。

"你……"关卿本能地想站起来，结果却只是将自己的脸和对方凑得更近，近到可以闻见他头发淡淡的草本味道。

这么近看过去，关卿完全看不清对方的五官，只觉得眼眸深邃，皮肤通透无瑕，洁白如玉，那种白让人不自觉得想要透过去看得更深。

只是，他抓着自己的手好凉，凉得让她在这种大夏天，竟然被抓得起了一身鸡皮疙瘩。

即便如此，关卿还是觉得心跳加速、脸颊燥热，空气似乎凝固在了一起，每呼吸一下，就能闻到他的味道。

直到对方适时地拉开两人的距离，关卿才觉得舒畅了一些。

"关小姐难道不知道，穿裙子的时候，是很不合适蹲下去这个动作的吗？"

"啊？！"关卿下意识地看向自己，因为今天的采访是在室内，加上了解到对方并不喜欢刻意的装扮，于是就随便在日常服中拿了一套，这样的疏忽反倒成了今天最大的败笔。

而因为刚才掉东西的声音太明显，已经有很多人都朝这边看过来了。

在关卿还没有回过神来的时候,发现对方居然已经在帮自己捡东西了。关卿本能地想要蹲下去自己捡,只见他看了一眼她的裙子,轻描淡写地说:"如果关小姐不在乎,那就自己来吧,要是关小姐不相信我,大可以等我捡起来之后检查一遍。"

　　关卿想要蹲下去的动作,因为对方的一句话而怔住,他这是在帮自己?可是明明几分钟之前他还说了那么刻薄的话。

　　坐回椅子上,关卿看着那个方才还用言语中伤自己的男人,此刻却居然蹲在地上帮自己捡东西,觉得有些不可思议。

　　直到把所有的东西全都装进关卿包里,他才面无表情地将包还给她,抿了抿嘴,淡淡地说:"希望下次见到关小姐的时候,不要这么主动和不拘小节。"

　　本来已经准备说句谢谢的关卿,被他这句话气得连有没有落下东西都懒得看,说了一句"我并不想再见到你",就转身头也不回地离开了这里。

　　何霜繁望着关卿离开的身影,下意识地伸手捂住自己的胸口……

Chapter.2

做朋友？做男女朋友？

离开咖啡馆之后的关卿直接开车去了顾安静家。

一路上，关卿越想越觉得生气，越想越觉得委屈，这都是什么鬼，以为自己愿意来相亲吗，还欲擒故纵，本小姐像是需要用这些小伎俩去擒住谁的人吗？

这样的情绪一直带到顾安静家，她气愤地把顾安静家的门踢得哐哐响。

刚好在敷面膜的顾安静被她这么一吓，面膜直接从脸上掉到了地上，瞬间肉疼，连形象都懒得整理，气冲冲地去开门，看见强装镇定的关卿之后，忍不住问道："为了防着你们这种人我特地买了最硬的门，尝试过后，质量怎么样？"

关卿高傲地仰着下巴冷哼一声，硬是咬牙忍着，直到顾安静转身之后，她才龇牙咧嘴地甩了甩脚，一瘸一拐地跟着顾安静一起进去。

还不等顾安静发问，关卿就主动说起今天下午的事情："你知道吗？今天那个人，简直就是刻薄！刻薄！"

闻言，顾安静感叹道："哎呀！换风格了，阿姨最近喜欢霸道总裁？"

说起风格，关卿相亲的对象永远随着关妈妈的审美在变化着，比如什么摇滚风，什么小鲜肉，什么肌肉美男，总之应有尽有。

"霸道总裁？算了吧！"换作平时，关卿一定会相当激动地嘲笑着今天那个男的又用了怎么过时的套路，可是今天，她一来就直接将自己摆在了沙发上，像是一只斗败的公鸡。

顾安静好奇地凑过去，半眯着眼睛质问道："关卿，你今天的表现不对劲，难道对方看不上你？"

"对方根本就没怎么看我。"关卿老实地回答。

闻言，顾安静本能地皱着眉头，不解道："莫非，对方其实是个 gay？"

关卿冷哼一声，闭着眼睛回答道："这个我没来得及问，不过你这么一说，我倒是有些怀疑了。"

忽然，关卿像是想到了什么，气愤地坐起来，端起桌上的杯子猛地喝了一大口之后，不满地说："我居然傻到自报了家门，却连对方是谁都不知道，我什么时候这么不镇定了，难道是因为他长得好看了？"

"我看不止不知道对方名字吧！"瞧见关卿这副模样之后，顾安静好心地开始分析着，"以现在的情况来看，能够让你这样的，恐怕还不止这点事情吧？"

"你觉得我是在乎这些过程的人吗？重点是你是没看到他说我的时候，欲擒故纵，不拘小节？他当自己是本成语字典啊……幸好姑娘我伶牙俐齿，全给反驳回去了。"

接着，关卿将整个下午遇见对方还不到半个小时的事情，长篇大论地吐槽了整整一个小时后，才缓缓罢休。

顾安静耐着性子听完之后，一边嘲笑一边总结道："哈哈哈！原来你也有这样的时候。"

"都说我伶牙俐齿地反驳了回去。"关卿激动地站起来，证明自己并没有那么逊。

顾安静敷衍地笑了一下，眯着眼睛神经兮兮地问："你确定真的是那样？不过我倒是期待你们要是再次遇见会怎么样。"

再次遇见？关卿脑补了一下，发现居然还是自己败下阵来，摇了摇头，果断地否决掉："不可能，没有再次。"

"那可不一定哦。"

……

就当两人聊得差不多出去的吃饭的时候，关卿接到了来自关妈妈那里的问候。

"关卿，我好心好意，费尽心思给你安排的见面，你居然敢给我不去？"不等关卿说话，电话那头已经直接轰炸了过来。

被关妈妈这么一说，关卿整个人都糊涂了，自己今天明明去了啊，而且还被羞辱了一顿，一想到对方居然背地里这样陷害自己，关卿立马来气，就连对关妈妈说话的语气，也有些不耐烦："我怎么没去了？我不仅去了，还和对方掐了一架。"

只听见关妈妈生气地哼了一声："你别想骗我，对方都打电话来告诉我了，你居然还有脸在这儿狡辩，真是太让妈妈寒心了。"

为了证明自己去过，关卿只好解释道："下午六点，报社楼下的咖啡馆，六号桌，没错吧。"

关卿一说完，关妈妈就回想了一下，疑惑道："没有啊，今天预定的时候那边告诉我六号桌有人了，我就给你订了三号。"

因为相亲次数太多，导致关卿连具体是哪张桌子都没有问，在她眼里，以关妈妈那样懒的性格，除了会帮她时刻物色着相亲对象，别的肯定都照着原来的来。

加上今天采访刚结束，也就没有多问，直接去了咖啡馆。

只是没想到,这个变数今天就这样毫无防备地出现了。

合着自己弄错了对象?一听关妈妈说完,关卿就觉得今天的脸,丢得好像有些过分了,赶紧缴械投降说自己弄错了。

本来以为一定会被好好地教育一顿,但是没想到这次自己妈妈居然洒脱地说:"既然这样你们都没有遇见,看来是缘分不够,算了吧。"

关卿以为事情到了这里就应该完美落幕的,结果电话那头话锋一转,问道:"那你今天见到的是谁啊,长得怎么样,家底怎么样,做人做事怎么样?"

被她这么一说,关卿立刻回想起了今天下午的情况,敷衍地回答道:"再怎么好也不是你家的,他看上去不喜欢女的。"

听到关卿这样说,关妈妈又觉得关卿不应该这样放弃自己,立即开启教育模式,从各个方面开始论证关卿多么需要一个男朋友。幸好,关卿不得不以再这样下去自己可能就会饿死为理由,平息了这场风暴。

对面的顾安静憋着笑看着关卿,不可置信地问道:"所以说,今天你白费力气想要从根本上压制住的那个人,其实根本就不是你今天必须要去见的那个人?"

关卿万念俱灰地回答道:"你说呢?"

顾安静毫不客气地挖苦道:"哈哈哈,居然连情况都不问清楚，就直接上前和对方说，我不打算在三十岁之前结婚。"说完笑得十分大声，生怕别人不知道，恨不得拿个大喇叭出去好好地吼一圈。

关卿哀怨地看着顾安静，恨不得立马找个地洞钻下去，出言反驳："我哪知道今天是这样的情况，当时刚刚采访完，心里正烦着呢，哪里还有闲心听我妈在那啰啰唆唆说些有的没的，自然只想快点结束啊。"

顾安静哪里在乎关卿怎么解释，现在她好不容易找到一件事情可以好好地嘲笑一下关卿，自然不会放过这么好的机会。

说起采访，猛地像是想到了什么，放下手中的筷子，立即去翻自己包，结果发现今天下午用过的录音笔居然不见了。

看见关卿慌乱地翻着包，顾安静不解地问道："怎么了？"

关卿慌张地看向顾安静，声音有些颤抖："录音笔好像不见了，下午采访用过的。"

一旁的顾安静拿出少有的镇定："你想想看，是不是落在哪里了？"

关卿烦躁地拨了拨头发，想了半天忽然记起来，今天下午，包里面的东西全都掉了出来，事后走得太仓促也没有再多看有没有丢东西，现在看来，唯一能够找到的地方就只有那个咖啡馆了。

得知可能落在咖啡馆，顾安静直接将筷子一丢，拉着关卿就直接开车奔向目的地。关卿一言不发，看得顾安静分外心疼，趁着红灯的空当转过头来安慰道："没事的，应该还在咖啡馆，毕竟世上好人多。"

毕竟今天下午这个采访是关卿整整约了两个月才约到的，现在录音笔不见了，意味着这两个月的努力全部白费了。

两人赶到咖啡馆的时候，老板刚好关门，一听关卿可能有东西落在里面，又是一件很重要的东西，立即重新帮她把门打开，帮着她一起找。

关卿围着六号桌转了一遍，发现没有，以为是自己刚才太慌乱遗漏了什么，又找了几遍，还是没有找到，最后大家将整个咖啡馆都找了个遍，还是没有找到那支录音笔。

这时顾安静走过来，摇了摇头："老板问了下午上班的店员，店员说打扫的时候并没有看见录音笔。"

关卿在感谢了老板之后，忍不住在车里爆了一句粗口："肯定是我今天出门没看皇历，相亲认错人就算了，居然还把录音笔弄丢了。"

而那支关卿疯狂在找的录音笔，此时正出现在何霜繁手上。原来，下午在关卿因为羞愧而生气地慌张离开之后，他才发现掉在了桌角和墙壁缝隙里录音笔,听了几句,确定就是关卿,淡笑一声,出于私心他放进了自己的口袋里。

在离开咖啡馆之后,他径直去了郊外的一家宠物医院,不需要任何人的带领,直奔院长办公室。

只见办公室的门虚掩着,他毫不客气地推开走了进去,找了个舒服的位置直接坐下,手无意识地转动着关卿的录音笔。

十多分钟后,一阵笑声由远到近地朝这里逼近,他赶紧快速地将手中的录音笔放进衣服口袋。

陆怀看见何霜繁之后瞬间激动,赶紧送走了身边的小护士,将门一关,迫不及待扑到何霜繁怀里,兴奋地问道:"小繁繁,你终于想起我来了,我还以为你到国外看上哪个外国大美女后,就打算抛弃我了呢。"

何霜繁冷哼一声,撇了撇嘴,推开对方:"说得好像要过你一样。"说完从上到下扫了一遍对方之后,下意识地闻了闻自己身上的外套,"陆怀,身为医生要有自觉,抱过狗之后就不要随便往别人怀里扑。"

陆怀毫不介意地笑了笑,讨好道:"我这不是太想你了嘛,谁叫你去了国外一个月都没有消息,人家还以为你就这么抛弃妻子了呢。"

何霜繁嫌弃地别过脸不去看他,认真地纠正道:"注意措辞,我不想被人误会跟你一样。"

听到何霜繁这么打击自己，陆怀不满地强调："我怎么了，B市最好的宠物医院院长，多少人眼巴巴地想要进我家的后宫呢。"末了又讨好的对着何霜繁挑了挑眉，"不过，为了你，我都残忍地拒绝了。"

"你还是不要为我委屈自己。"何霜繁一脸不屑地说。

本来何霜繁只是想来找自己唯一一个算得上朋友的人说一下今天下午的事情，结果他忘记了对方完全不能用正常来评价。

陆怀终于察觉到了一丝不寻常的味道："你今天有点不对劲，莫非又被哪个女孩子告白了？我跟你说啊，你和我们不一样，是不能够……"

"我知道心跳是什么感觉了。"在陆怀的喋喋不休声中，何霜繁不耐烦地打断道。

陆怀一脸震惊地盯着何霜繁，确定何霜繁没有在胡说之后，忍不住提醒道："你自己的身体你又不是不知道，几十年没有出现过任何异动了。"

说到这里，陆怀像是想到了什么，追问道："你不会又背着我像小时候一样找了什么道士帮你驱鬼吧？"

何霜繁没有理会陆怀，继续说道："她出现的时候，忽然就感觉到了心跳，和你们一样的心跳，虽然很快就消失了，但是我真的感觉到了。"

"她?"闻言,陆怀下意识地皱起眉,盯着何霜繁。

何霜繁点了点头:"嗯,一个不聪明的女人。"

说完后,他下意识地伸进口袋握住下午捡到的那支录音笔,嘴角微微上扬,眼神中闪过一丝宠溺。

陆怀看见何霜繁的样子,随口问道:"那接下来,打算怎么办?"

"做朋友?做男女朋友?还在考虑,不过能够感受到心跳的感觉好像也不赖。"何霜繁真诚地回答道。

Chapter.3

如果可以,我倒是希望关小姐可以给我换个形象。比如,小人?

因为录音笔的事情,顾安静和关卿中途从吃饭的地方匆忙离开,导致两人现在只能蹲在沙发上吃泡面。

顾安静幽怨地看着关卿,不耐烦地戳着碗里的泡面:"不是我说你,东西没找到就算了,还白白浪费了我一顿大餐,真是气死我了。"

"这叫奉献精神,就当是在做慈善,你们资本家不是都喜欢这样吗?"关卿毫不客气地剜了一眼顾安静,心疼自己,明明丢了这么重要的东西,好朋友心里在乎的居然只有吃。

顾安静显然不想承认是因为自己觉得花了钱,居然什么都没有交易到的资本家心理作祟,骄傲地扬起下巴,给自己倒了一杯红酒来配泡面，装作没有听到关卿的话，悠然自得地喝了一口红酒。

关卿不解地看向顾安静，心想果然，有钱人家的大小姐就是不一样，就算是吃泡面，人家也是配着红酒的。

大学刚进去那会儿，关卿和谁都不是很熟，看到不管是刮风下雨都需要喝一杯红酒，有时候还需要用红酒敷个脸的顾安静，不免觉得对方有些故作姿态。

直到后来知道她不过是因为家里是开酒庄的，酒放得太多，秉持着不用白不用原则才这样之后，倒也就没有了多大的成见。

用顾安静的话说，既然自己家有东西可以利用，何必花那个钱在外面买那些满是化学成分的东西，用自己的，还是比较放心些。

自从顾安静和关卿成为好朋友之后，任何好的福利自然都不会亏待得了关卿，不过关卿也就时不时地喝一两口，总觉得再做些什么就是在暴殄天物了。

"你真的没有备份吗？"顾安静不死心地继续追问，这个问题从得知录音笔不见了的时候，她就没有停止对这个问题的执念。

别说备份，今天录下来的东西，关卿连听都没有多听过一遍，怎么可能还有备份，从那边结束之后，就直接被妈妈催着去了咖啡馆。

"你平时不都用两支录音笔的吗？"

说起这件事情，关卿就更加觉得烦躁，另外一支录音笔借给了同事，根本就没有带过去。

得知这一切的顾安静，只能拍了拍关卿的肩膀，语重心长地说："看来是天要亡你啊。"

忽然，顾安静像是想到了什么，凑过来神经兮兮地问道："你说会不会是他拿走了？"

"他？！"关卿皱着眉想了好一会儿，点了点头，"好像有可能。"说完又赶紧否认，"如果是那样的话，就当我这两个月的努力喂狗了，我实在不想再和他多说一句话。"

嘴上说得这么轻松，可是关卿脸上却写满了"绝望"两个字，心灰意冷。

在顾安静家里唉声叹气了一个晚上的关卿，早上起来的时候，做了一个重要的决定，凭借自己优异的记忆力，默写出来。

顾安静语重心长地拍着她的肩膀，一边点头一边感叹道："加油，前途无量。"

正当关卿已经在办公室里绞尽脑汁地想了几天，还是没有想到那天的一些细节，整个人像是在绝望里面泡了三天三夜的时候，顾安静打来电话："关卿，现在无论如何你都要帮我，我知道你一定不忍心看着我就这样奔赴青春的坟墓的。"

听到这里关卿已经大致想到了会是什么事情，毫不客气地打击道："天塌下来自己顶着，没看见姐姐没有空吗？"

"姐姐啊，你一定要帮我，不然你将永远失去你可爱的宝宝。"顾安静语气绝望，最后一咬牙发誓道，"我发誓，以后再也不笑你相亲的事情了。"

说到这里，关卿才满意地点了点头，想到自己在这也想不出来东西，还不如出去走走，不然她都快要憋死在办公室里了。

到达约定地点之后，只见顾安静穿得异常素净，白衣白裙，活脱脱的一个白衣仙子。匆忙赶来的关卿不免皱起眉头，出言讽刺道："你今天是在 cosplay 白娘子？"

顾安静不悦地扬起下巴哼了一声，质问道："难道看不出来我在极力地扮演一个清纯少女吗？"

"我知道，有些勉强。"关卿毫不留情地打击道。

顾安静无奈地叹了口气，解释道："这是姑姑指定的战斗套装，不穿这个过年回去会没有压岁钱的。"

两人这种一见面就掐的现象，从大学开始就一直是这样，可是不知道为什么，最后一个寝室住下来，居然只有她们两个还一直在联系着。

顾安静直入正题地跟关卿解释着这一切，在这过程中还一直担心关卿会不会不清楚，反复地问听懂了吗。

可是最终用关卿的话说不过就是四个字，被迫相亲。

原来，就在顾安静在那积极地享受无忧无虑生活的时候，来自姑姑家的一通电话，直接让她掉入了谷底。

电话内容很简单，随着年龄的增长，平时一向走在时尚前端的姑姑忽然想要享受一下平民生活，这过程造成的一个结果就是，她姑姑喜欢上了替人相亲。

而这一次将目标放在了顾安静以及自己高中好朋友的儿子身上。

在电话里，各种告诉顾安静人家现在是多么的年轻有为，你们两个小时候是多么的关系好，刚好这段时间在 B 市，哪里都是合适的，真是让顾安静好好地体会了一把关卿被强迫相亲的感受。

本来对相亲没有几分意思的顾安静，在得知相亲对象竟然是何霜繁之后，整个人都崩溃了。她真不知道姑姑是从哪里看到她小时候和何霜繁玩得好了，一个骄傲的资本家，一个聪明的天才，从哪里看都不合适啊。

想到何霜繁小时候就不喜欢和别人一起玩，现在肯定也不乐意这样，为了装作顺从姑姑的意思，于是说了句，随便。

结果一句随便，人家何霜繁那边居然同意了。

这下倒是让顾安静慌乱了，先不说自己从小就怕他，就算什么事情都没有，她现在也未必会喜欢何霜繁啊。

关卿知道自己之所以来的原因，不过是因为顾安静一个人不敢来之后，顿时有一种被卖了的错觉。

可是事已至此，关卿也不可能见死不救，于是大手一挥，豪气地说："放心，姐姐会保护你的。"

在进去之前，顾安静还提醒关卿，一定不要和对方出现什么不愉快，让这件事情平静地划过去。

可在关卿看清楚对方是谁之后，顿时觉得顾安静刚才说的那些话都是在放屁，以目前的情况来看，不愉快在他们俩之间早就已经出现了。

只见何霜繁相当客气地替两人拉开椅子，甚至客气地将菜单递到顾安静面前，明明知道这一切的举动都不是为了自己，可是关卿不明白为什么自己会有这种错觉，好像对面的男人一直是在针对自己。

这时候，顾安静凑到关卿耳边小声地提醒："记得不要乱说话。"

关卿敷衍地点头，干笑了两声，算是答应。

一坐到桌位上，立即端起一杯白开水有条不紊地喝了一口，来掩盖自己的尴尬。总不能现在告诉顾安静,这个人在之前因为一场误会刚刚和自己相过一次亲吧。

紧接着所有人都没有开口,气氛显得异常尴尬。

想到录音笔可能在他这里,关卿一直给顾安静使眼色,结果顾安静以为关卿是觉得有些尴尬,一脸了解地点了点头,对何霜繁说:"这是我朋友关卿,我提前跟你说过的。"

关卿还是第一次看见顾安静这么正式地介绍一个人,想当初她们第一次见面的时候,顾安静连自我介绍都是双腿搭在桌上,目中无人地说:"我叫顾安静,我不希望下次谁叫错我的名字。"

正当顾安静打算介绍何霜繁的时候,他先开口说了:"何霜繁。"说完淡淡地扫了一眼关卿。

关卿整个被顾安静给气死了,只好尴尬地看着何霜繁笑了笑,低头不再说话,心里算计着应该怎么去要回自己的录音笔。

顾安静看了看两人,觉得两人之间的气场有些不对劲。不明所以的顾安静以为大家是因为不认识而尴尬,只好给所有人都倒了杯茶,顺势问道:"我记得你并不喜欢和人打交道,这次怎么忽然同意,真是让我意、外、至、极。"

何霜繁故意等了很久才慢慢地开口:"想来就来了,总不能说是因为我妈让我来的吧。"说完故意看了一眼关卿。

听到这,关卿条件反射地抬起头,尴尬地朝四周瞥了瞥,发现何霜繁和顾安静都在看着她之后，赶紧尴尬地将头埋下去，小声地解释："抱歉，忽然想起了一个新闻。"

顾安静怎么可能这么简单地就被她糊弄过去，盯着她看了半天，硬是没有发现破绽之后，拿起面前的菜单，问道何霜繁："听说你不会在 B 市待很久，那就算是客人，要不我请你？"

原来很快就要走，关卿立即觉得身心轻松，不知道为什么，她总觉得和何霜繁之间应该越远越好，当然在此之前要要回自己的录音笔。

哪知道，顾安静一说完，何霜繁就纠正道："我可能没有说，接下来的很长一段时间我都会留在这里，我们还有好多机会见面。"

"什么？"听到何霜繁可能会在这里待上一段时间，关卿猛地惊呼出来，那不是意味着他和顾安静出来的时候，自己有百分之五十的可能要一起出来。关卿下意识地看了眼顾安静，不！有可能是百分之百。

顾安静觉得今天关卿反常得实在太明显了，不由得皱起眉头，发现何霜繁今天也不对劲，小时候没这么爱说话啊。

就在她刚想问这件事情到底是怎么回事的时候，顾安静的肚子早不痛晚不痛，这种时候出问题，只能一脸愧疚地和他们说了句抱歉去了洗手间。

临走时还不忘叮嘱关卿不要随便乱来，对手不是一般人。

关卿看着顾安静渐行渐远的身影,确定对方看不见这边的一切之后,立即像只了毛的猫一样,凶神恶煞地对着何霜繁质问道:"你居然认识顾安静?"

"小时候见过。"

关卿朝顾安静离开的方向望了两眼,紧张地转过来眯着眼睛,凶狠狠地说:"那正好,把我的录音笔还给我。"

何霜繁下意识地将手伸进口袋一摸,发现竟然没有,才想起刚刚出门的时候好像忘记在家里的茶几上了,早在前几天的时候他就想还回去,但是在咖啡馆等了几天并没有见到她,知道她是顾安静的朋友后,本来打算今天还的,最后居然忘记了。

"我如果说没有呢。"

关卿怎么会这么简单地就相信了他的话,出言反驳道:"不可能,东西是你帮我捡的,就你一个人碰我的东西,不是你拿的那是谁拿的?"

"关小姐是记者,应该清楚要以事实说话,你这样污蔑我,我可是随时都可以告你诽谤的。"何霜繁避重就轻地扯开了话题。

"何先生可能忘记了,我现在是在翘班。你见过有人翘班之后还在想工作的吗?"关卿看着他,淡淡道。

"几天不见,嘴皮子倒是长进了不少。"

想到那一天自己像个神经病一样地说这么多，关卿就觉得丢脸，想她至少有将近八年的相亲经验，居然会被对方不费吹灰之力给打败，简直是她相亲历史上的一抹败笔，而且自己还不能让它石沉大海。

关卿咬牙反驳道："那日是我失策在先，不过，我并不认为你不告诉我弄错对象这件事是君子之举。"

何霜繁微微勾起嘴角："我没有记错的话，那日好像是关小姐主动和我说话的。"

他居然还敢提那天的事情，关卿愤怒地看了看何霜繁，板着脸威胁道："你忘记那天的事情，就当我们在此之前从来没有遇见过，我就不计较你偷了我的录音笔。"

"凭什么？"

关卿被这句话问得有些心虚，先不说他有没有拿自己的录音笔，重点是就算拿了自己也没有证据，只好一咬牙胡编了一个理由："凭你……在我眼里还算一个君子。"

"如果可以，我倒是希望关小姐可以给我换个形象。"何霜繁将自己撑起来，凑到关卿面前，似笑非笑地回答，"比如，小人？"

关卿被何霜繁这么突然地举动羞得面红耳赤，直到他离开，还是觉得有些不适应，吞了吞口水，底气不足地说道："总之你就是不愿意忘记那天的事情是吧。"

何霜繁想了一下，欠扁地回答道："我不能装作不记得，因为能力不允许。"

"那你就还我录音笔。"

何霜繁换了个坐姿，漫不经心地回答道："关小姐就这么确定在我这里？"

"就我们俩动过，我这里没有，那你说还能去哪儿？"关卿眯着眼睛。

何霜繁故意看着关卿，就是一副不想告诉她的样子，过了好一会儿，才慢悠悠地说："说不定还在咖啡馆呢。"

关卿果断反驳道："不可能，我去找过，没有。"

"说不定现在去就有了呢。"

关卿盯着何霜繁，满是怀疑，难道他还回去了？就在她心里在进行着强烈地挣扎，想着自己到底要不要相信何霜繁的时候，对方幽幽地提醒道："去晚了就不知道还在不在那儿呢。"

闻言，她往顾安静离开的那个方向看了看，瞪了一眼何霜繁，意思很明显，就是希望你不要骗我，纠结了三秒钟，然后拎着自己的东西离开了。

出去之后，给顾安静发了条短信，意思大概是，临时有事，先走了。

顾安静回来，看见桌上只剩下在那望着窗外喝茶的何霜繁，立即觉得两个人有事情瞒着自己，眯着眼睛盯着何霜繁，质问道："聊完了？现在是不是该我问问，你和关卿到底是怎么回事？"

"你觉得我会说？"

顾安静只好放弃这一题，继续问道："喊，小气，那你们俩是不是背着我见过面？"

"可能吧。"

顾安静顿时察觉到了一丝不正常的味道，关卿居然有事情瞒着她了，简直不可原谅！就在她想着要怎么样考验关卿的时候，只听见何霜繁冷冷地问道："电话号码。"

"电话号码？不是有吗？"顾安静愣了三秒，结果听到何霜繁接着说道："关卿的。"

"哦……原来还没有交换电话号码啊！"一听说还没有问到电话号码，顾安静资本家的心理还想着应该怎么样将号码卖出去的，要知道，她以前可没少干过这种事，用她的话说，叫作不浪费任何资源。

可是看见何霜繁的脸之后，顾安静果断地抛弃了这个想法，面对何霜繁还是不要打什么歪主意比较好。

何霜繁一拿到电话，就起身离开，末了说了一句："账已经结了，慢吃。"

顾安静看着何霜繁离开的方向，心想，那不是刚刚关卿去的方向吗？

Chapter.4

只有知道你在哪儿,我
才能在想见你的时候,
第一时间找到你。

"老板,请问有没有人来这里还过录音笔?"

"老板,我捡到一支录音笔。"

两句话一起说出来,倒是让关卿愣了一下,转头一看,惊讶到了,明明应该在饭店和顾安静吃饭的何霜繁怎么会在这里?

而他手上的录音笔正是自己的那一支。

何霜繁匆忙地赶过来,没想到赶得这么好。

关卿一把拿过他手中的录音笔,不由得皱着眉头质问道:"你怎么在这儿?"

"因为知道你会来,所以我来了。"何霜繁看着关卿,一本正经地说。

看着手中的录音笔,关卿不解地问:"既然打算还,为什么说来晚了就不在了?"

"来晚了,我就不在了。"何霜繁看着她很认真地解释道。

一句话弄得关卿瞬间脸颊通红,惊讶地望着何霜繁,眼睛瞪得很大地愣在原地,等回过神来朝四周一看,发现店员看她的眼神充满了探究,在这里相了这么久的亲,谁能不认识她。

关卿迅速将录音笔放进包里,跟老板说了声谢谢,慌张地离开,装作什么都没有听到。

看着关卿离开的身影,何霜繁微微勾起嘴角,这样就害羞了,原来除了不聪明还容易脸红啊。何霜繁倒是没有打算去追,反而在这里点了一杯咖啡,像是不打算这么快离开的样子。

关卿一回到报社,顾安静就打来电话,语气里充满得意。

"卿卿,这么着急,报社想要开除你呢?"

"我倒是想啊,不过好像没有给我这个机会,刚好到这边来,加上录音笔找到了就上来把那个稿子弄完。"关卿老实地回答,她并不打算在这件事情上瞒着顾安静。

"录音笔找到了,在哪儿找到的?"一听录音笔找到了顾安静比谁都激动,本来辛辛苦苦夹了半天才夹上来的丸子又直接掉回了盘子。

被这么一问，关卿想着要怎么样才能够让这件事情显得不那么暧昧，最终，关卿简洁地回答道："告诉你一件事，你最好不要激动，我能说，我上次的相亲对象，和你今天的是一个人吗？"

"上次的人是何霜繁？"顾安静本来到嘴边的丸子掉到了碗里。

"不然你以为我今天一直对你挤眉弄眼是为了什么，让你帮我问问录音笔在不在他那里啊！"

难怪之前看他们俩的眼神不对劲，原来是背着我早就有了联系，这样看来姑姑那边也可以好好解释一下了。这样想着，顾安静终于把那个丸子夹进了自己嘴里，回答道："我以为你示意我介绍一下你，毕竟多认识一个帅哥手中资源就丰富一点嘛。"

关卿嗤之以鼻："你以为谁都跟你一样啊。"

顾安静一边吃着东西，一边敷衍地说："一不一样都不重要了，我要告诉你的是，他好像要走了你的电话号码。"

"什么？你把我的电话给他了？"关卿一激动，声音大得整个办公室都能听见，立即欠身表示不好意思，然后朝厕所走去，小声却愤怒地问道，"他要走我电话干什么？"

"我怎么知道！"

介于对方有了自己电话号码，而自己却什么都没有的原则上，关卿瞬间觉得自己不能这么被动："那把他的电话号码给我。"

　　"为什么？"

　　"等价交换。"

　　等顾安静将号码给了关卿之后才反应过来，这是怎么回事，两个人就这样轻而易举地从自己这里要走了号码，把自己当什么啊，传话筒吗？

　　自己这么高贵的身份什么时候做过这样的事情，重点是22个组合数字，居然没有卖一分钱，真是太亏了。

　　因为录音笔找回来的原因，关卿打算利用今天一天时间将这篇拖欠了将近两个星期的稿子给弄完，明天交上去审，并不是为了业绩，而是因为强迫症。

　　只是没想到，还没将那些东西整理好就发现自己已经饿了，正当她在去买东西还是熬一熬之间纠结的时候，何霜繁居然神奇般地出现了。

　　只见他手上提着很多份东西，走到关卿身边，看了看一些同样在加班的关卿同事，站在关卿旁边对大家说："我帮关卿买了一些吃的，但是好像多了。"

　　话都说到这份上了，大家都是机灵的主儿，自然都懂了这意思，纷纷过来。

在关卿还未反应过来之际，发现大家已经将东西都拿走了，她愤怒地瞪着何霜繁，长舒了一口气，小声地问道："你想干什么？"

"不是饿了吗？饿了就吃，哪有那么多废话。"何霜繁自然从旁边抽出一张椅子，自己坐下，帮关卿把那些吃的都打开。

关卿郁闷地看着眼前的人，就算是帮自己捡了一回录音笔也不用这么嚣张吧，虽然内心很有骨气，但是没想到肚子却没有这么争气，"咕噜"一声，全让何霜繁听见了，只见他对她微微一笑，然后把东西递到她面前。

看到何霜繁这么表现，关卿想，既然人家愿意，那就这样吧，伸手拿过何霜繁手中的筷子，开吃。

可是这样被别人看着吃东西，着实是有些不好意思，关卿就顺便问道："你要不要吃啊？"

哪知何霜繁往后面一靠，似笑非笑地说："我刚吃过了，不然也不会想起你没有吃。"

这话听得关卿恨不得将自己的舌头咬断，自己就是作，干吗有事没事问他这种问题，神经病吧。

关卿吃完，装作和何霜繁收拾垃圾，一出办公室，关卿就一手横过来，将何霜繁抵在墙上："说，你到底有什么目的？"

何霜繁将关卿提满垃圾的手拿到一边，解释道："只是等你下班。"

　　这下关卿更加莫名其妙，只见何霜繁已经拿过她手上的垃圾，合着自己手上的一起丢进了垃圾桶。

　　看着何霜繁已经进去的身影，关卿只当自己遇见了一个神经病，想了一下自己的稿子，觉得还是先把稿子弄完比较现实，于是朝办公室走去。

　　渐渐地，同事纷纷和关卿打招呼离开，她转头看见何霜繁还坐在外面用作休息的沙发上，还真的打算等自己下班啊？关卿郁闷地撇了撇嘴，转回去继续写稿子。

　　直到凌晨两点，关卿才把稿子忙完，打包了一份传到 U 盘用做备份之后，收拾东西回去，发现沙发上已经没有何霜繁的时候，心里居然觉得一阵失落，冷哼一声，果然就会说大话。

　　哪知道，关卿刚走到公司楼下，就发现一辆车子停在她面前，然后打开车窗对她说："上车！"

　　关卿朝里面看了一眼，发现竟然是何霜繁，所以说，他只是提前下去开车去了，而且时间还卡得这么好？喊！真是……

　　虽然在心里这样觉得，但还是坐上了何霜繁的车，毕竟先不说这种时候很难打车，主要是她倒是想看看，何霜繁到底想要干什么。

　　一上车，关卿就被何霜繁板着脸训道："没有开车过来，居然还敢给我这么晚下班。"

关卿瞪了一眼何霜繁，刚想反驳就听见何霜繁补充道："就不会让人放心点吗？"

关卿顿时愣住不知道说什么好，不解地盯着何霜繁，从下午开始，她就觉得何霜繁不对劲，一直说着这么莫名其妙的话，要说是自己想多了，可是这也太奇怪了吧。

"何霜繁，你怎么了？"

哪知何霜繁居然直接将车停在一旁，欺身凑过去盯着关卿看了好一会儿，才缓缓说："我想我还是直接说吧。"

关卿紧贴着椅背，谨慎地看着何霜繁，只觉得四周的空气异常燥热。

正当关卿还在想是不是应该打断这个气氛的时候，何霜繁开口道："关小姐，我们做朋友吧，就是那种可以随时叫出来见个面，周末不用提前预约，而且有必要的话随时告诉我你在哪里的那种。"

"什么？"关卿简直不敢相信自己的耳朵，先不说这世上除了男女朋友，居然还有这种表面单纯，却可以随时吃饭，还得把周末留给他的朋友，重点是他说得那么理所当然，是算出自己一定会答应吗？

"因为只有和你在一起的时候，我才觉得自己像一个正常人，如果可以，我希望这种感受能够久一点。"何霜繁补充道，认真得让关卿有些蒙。

这是什么奇葩理由,他是说他现在像个正常人,怎么自己看不出来,关卿被何霜繁弄得有些莫名其妙了,他这是对着自己……告白吗?也不像啊。

她看着近在咫尺的来自何霜繁认真的脸,犹豫了一下,试探性地问道:"我可以拒绝对吧?"

看见何霜繁渐渐皱起的眉头,关卿赶紧补充:"我是说周末不用预约的事,毕竟像我这种一心要为中华崛起而奋斗的人,是有很多正经事要做的。"

"我会提前一个星期告诉你的。"何霜繁回到自己的座位上,淡淡地说。

关卿微微转头观察着何霜繁的脸色,咽了咽口水,缓缓道:"真的要随时报备行踪吗?"

何霜繁看了关卿一眼,认真地说:"只有知道你在哪儿,我才能在想见你的时候,第一时间找到你,并不是为了监视你。"

关卿明显被何霜繁这句话给怔住了,这是什么意思,如果前面自己正直一点能够说过的话,那现在这是?

估计是不想听到关卿再说什么自己不喜欢听的话,只见何霜繁一脚踩在油门上,"唰"的一下,等关卿回过神来的时候,发现自己已经在小区门口了,不可置信地看着何霜繁,只见他气定神闲地说:"我就当你答应了。"

关卿一回到家,就给顾安静打了一个电话过去,将今天晚上的事情说了一遍,弄得顾安静在那边说了一大堆谴责她居然抛弃她的话之后,总结道:"依我看,何霜繁应该是喜欢上你了。"

随后,她又说:"不过他告白的方式还真是挺特别的哈,待在你身边像个正常人?他难道不觉得你就不像正常人吗?"

关卿终于体会了一把什么叫交一个损友遗憾终生了,明明这么重大的一件事情,对方关注的重点居然全都不在点上。

心力交瘁的关卿只好将被子一蒙,睡觉。

Chapter.5

你说，会忍不住想一直待在一个人身边是不是病了？

被何霜繁突然深情的"表白"折磨得睡不着觉的关卿，第二天不出意外地迟到了，到了之后，赶紧将昨天写完的稿子发到主编那里。

一点开 QQ 就看到了比过稿更让她振奋的消息。

由于主编觉得作为国内比较有号召力，能在各个观点上站得住脚的报社，应该不能放弃任何的新闻热点。于是和上头申请亲赴叙利亚实地采访的事情，结果上头也是一个热血青年，头一热，就答应了，然而这么振奋人心的通知下来之后，竟然没有几个人愿意报名。

当然这件事情还是有例外的。

那就是——关卿。

从小就梦想着能够作为一名记者出现在大家眼中，能够报道重大事件都是她毕生的理想所在。

于是，得知这个消息的她，二话没说就直接交了报名表，上面条条框框都写满了对叙利亚的热爱，以及对这项工作任务的期待和决心。

关卿的想法是，能够有一次亲赴战场的机会是人生难得的体验，而现在这么好的机会摆在自己面前，怎么能够退缩，想到这儿，她就已经按捺不住自己那颗激动的内心了。

本来关卿以为这么好的机会，至少应该竞争一下，甚至那一个星期都在费力地了解相关知识，可是等结果出来之后关卿才知道，根本没几人报名。

顾安静知道这件事之后，用一个资本家的眼光给关卿分析了一个下午，这是一件费力不讨好的事情，甚至还有可能献出年轻的生命。

可此刻的关卿就像是被下了迷魂药一样，一颗心只想着叙利亚，十头牛都拉不回来。最后顾安静只好语重心长拍着关卿的肩膀，跟她说了两个字，保重！

虽然领导极不愿意看见一个女孩子去那样的地方，但是无奈关卿那颗热情的心打动了领导，最终他大手一挥，随便点了一个曾经在关卿手下待过一段时间的孟梓烨，以及一个国外采访经验丰富的前辈跟着关卿一起，目的是拉住关卿那个见新闻成疯的性子。

得知自己选上之后，关卿激动得就差没有跳起来，领导在上面说的那些注意事项听没听清楚都不在乎，光记得点头去了。

临走的时候，顾安静头一次像个老大妈一样在关卿耳边喋喋不休，又是叮嘱这个，又是叮嘱那个，倒是让关卿真正体验了一把患难见真情。

不过这样的感受并没有延续多久，末了，顾安静抱住关卿，一脸惋惜地说："放心吧，你要是出了什么意外，我会帮你把存款都用完的，不过你要先告诉我密码是多少。"

就知道狗嘴里吐不出象牙，一把推开顾安静，将自己随身的小包护在胸前："想都别想。"

本来也就是逗一逗关卿，顾安静这下玩心大起，撇了撇嘴，诚挚地握住关卿的手，道："我这是在体现你最后的价值。"

关卿敷衍一笑，毫不留情地将自己的手抽回来："谢谢，不需要。"

眼见着顾安静就要摆出一副生离死别的样子，关卿赶紧打断道："又不是不回来了，搞得我好像去了就会挂在那里一样。"

顾安静带着些哭腔地嗔道："那可不，我哪知道哪颗流弹会不会不长眼……"

还不等顾安静说完，关卿就着急地打断道："呸呸呸，你这是希望我回来还是希望我不回来啊！"

顾安静扯出一个大大的笑脸，歪着脑袋想了一下，认真地说："我也不知道，我现在正在存款和你之间挣扎着呢。"

本来两人还打算在这闹一会儿，但是机场那甜美的声音已经在提醒关卿登机。

关卿认真地看着顾安静，委以重任地拍了拍对方的肩膀，诚挚地交代道："我爸妈那边就交给你了。"

等顾安静反应过来的时候，关卿已经过了安检，气得直跺脚，在后面绝望地哀号道："你居然还没有告诉叔叔阿姨就直接走了，那要我怎么拦得住啊。"

只见关卿背对着顾安静挥了挥手，姿势潇洒到不带走一片云彩，看得顾安静只觉得自己可能等不到关卿回来了。

就在关卿坐着理想的飞机，离开 B 市的时候，完全不知道有个人正在找她。

那天晚上和关卿说了那些话，等何霜繁反应过来的时候，觉得自己一定是疯了。就算早就想过要和对方做朋友，也没必要说得好像告白一样啊，真是……

他烦躁地将车开到陆怀的医院，结果陆怀今天还不值班，他不管不顾，硬是用电话打到陆怀从家里出来才算完事。

陆怀一来就幽怨地朝沙发上的何霜繁踢了一脚,不悦地问道:"你没病吧,大晚上的把我叫过来,有事不会去我家吗?搞得这么麻烦。"

"去那我怕你会误会。"何霜繁认真地说道。

陆怀恨不得掐死何霜繁,明知道自己和他平时不过是开开玩笑,居然还拿那种事情做理由,只见他烦躁地往何霜繁旁边一坐,问道:"说吧,要是事情不大,我保证把你架上手术台,没事也给你弄成有事。"

何霜繁看了一眼他,想了半天,缓缓道:"会忍不住想一直待在一个人身边是不是病了?"

就为了这么简单的一个事情,非要让自己从床上爬起来开车到医院解决?

他现在恨不得立即将何霜繁拖到手术台上去弄死,不过在看到何霜繁那幽幽的眼神之后,只好百般无奈地吐出三个字:"相思病。"

确诊后,何霜繁极度怀疑陆怀的医术是不是退步了,结果陆怀一句,当初我可是医学博士毕业,后来花了不到半年时间学的宠物治疗,我连不会说话的东西都能看懂,还看不懂你?噎得他顿时不知道说什么。

回到家里,何霜繁也觉得自己可能真的有这种病,看着手机，心想，自己都说出了这样的话了，为什么她那边竟然没有半点动静。

终于在翘首企盼了一个星期之后，何霜繁难得找到一个理由，就是他要出差，想着既然是朋友说一声好像是有必要的，于是终于给关卿打电话过去，结果对方居然关机！

何霜繁受到了人生第一次重大打击，要知道他三十几年的寿命里，可是从来没有出现过这种情况的，他不死心地再打了一次。

还是关机！

难道她在躲着自己？

何霜繁烦躁地将手机往旁边一丢，气愤地起身收拾行李。

另一边的关卿显然并没有想到何霜繁会给自己打电话，同时也没有心疼顾安静帮自己瞒着父母，反而在飞机上吃了整整两份饭，原因是听说到了叙利亚之后就没有那么好吃的东西了。

降落地点是在黎巴嫩，因为叙利亚战争的原因，国际机场已经封闭，和关卿他们一起的还有国内别的媒体记者。

到达黎巴嫩，关卿就已经开始兴奋不已，要不是因为还有一个老前辈跟着，关卿估计恨不得自己直接一口气冲到叙利亚去。

等从黎巴嫩那边转到叙利亚的时候，已经是一天后了，到达大使馆的时间已经是深夜，因为一路上一直有政府联军护送，倒是没有出什么大问题，睡了一晚，第二天就直接开始工作。

主要是考虑到趁着这段时间相对安定，所以大家都在想着能够尽早地做完采访任务，尽早回国。

由于关卿他们不懂阿拉伯语言，当地政府还特地给他们安排了一个翻译。

现在基本上没有国内的翻译想去那里，所以翻译也是当地人，这一点倒是正合关卿的意，毕竟当地人对于那些问题还是会了解得更加深刻一点。

经过几天的采访，关卿大概就当地的一些情况写了几篇稿子，晚上，合着最新的新闻稿一起发了回去。

想着有些日子没有联系顾安静，觉得还是给顾安静捎个电话回去，免得她还以为自己真的葬身在异国他乡了，提心吊胆地想着要怎么和家里人解释。

果然不出关卿所料，电话一接通就听见顾安静在那边讽刺道："天哪，你还活着啊，我正等着什么时候去阿姨那里当个义女什么的。"

关卿倒是不介意，笑着打趣道："你要是想当我妹妹，现在就可以去，有没有我都不影响你去和我妈探讨人生大事的。"

估计是觉得在关卿那里讨不到什么嘴皮子上的好处，顾安静只好不情愿地转移话题："关卿，为了弥补你将我留在这里帮你打掩护的心灵伤害，我已经用你的名义去楼下吃了两顿。"

现在的关卿正在因为这次出国采访而兴奋呢，完全不管这些小事，躺在床上做了几个仰卧起坐，一脸亢奋地说："看在你提心吊胆的份上，允许你挥霍。"

聊着聊着，顾安静忽然想到什么，好奇地问道："对了，最近何霜繁都没有找你吗？"

想到何霜繁，关卿也不免觉得奇怪，刚来的那天好像是收到了他的未接来电，但是后面自己打过去又是关机，她也就没有再想过这事，现在被顾安静这么提起，好像还真是有很久了呢。

不过关卿想了一下，或许人家何霜繁当时也就这么一说，自己又何必那么当真。于是，关卿装作无所谓地说道："他找不找我关我什么事！"

"这不正常啊！"顾安静不禁皱着眉头想着，完了，又补充道，"不过在何霜繁那里，好像没有什么是正常的，说不定是欲擒故纵呢。"说完之后，还不由得觉得自己分析得相当正确，一脸肯定地点了点头。

关卿越听越觉得不对劲，半眯着眼睛，淡淡地问道："你好像很关心我和他的事情啊，难道是我妈给你什么好处了？"

"我表现得这么明显吗？"顾安静打着趣承认，她总不能告诉关卿只是因为如果何霜繁不和她在一起，那么姑姑会催着自己和何霜繁在一起吗？虽然何霜繁很优秀，但是完全就不是自己喜欢的那一类型啊，何况自己还有相当充实漫长的青春等待挥霍呢。

关卿很诚实地回答："很明显。"

Chapter.6

我能够相信我自己,但是我不相信他们。

等这边的事情一忙完,关卿提出说去一下附近的难民营,毕竟那些流离失所的人可能对整个事件会有不同的感触。

顾安静知道后,只是淡淡地说了一句:"把钱包留给我,去哪儿都可以。"

关卿立马忍不住鄙视了一顿顾安静,然后迅速挂掉了电话,开始着手准备着明天出发去扎塔里的事情。

一直以来,关卿觉得自己当记者,做新闻,就一定要做一个能够最表达民心的。

加上她本身走的就是亲民路线,至于其他方面的新闻内容,她也是直接交给了同行的孟梓烨和另一个前辈,这样倒是也好让她可以做自己喜欢的内容。

去难民营的前一天,关卿才知道原来之前的那个翻译阿泰尔也一块跟了过来,说是叙利亚政府知道他们要过来之后,怕他们交流不便。

关卿扬了扬手中早就准备好的同声翻译器,得意地说:"其实我早有准备。"

只见阿泰尔笑了笑,解释道:"人说出来,听着总比机器亲切吧。"

这句话倒是实话,关卿只好含着笑,不再反驳。

还记得她刚来那天,阿泰尔见到她之后,说的第一句话就是,千万不要被吓回去。他说,我招待过很多女记者,她们一般都是待了不到两天就吓得吵着要回去的。

当时,关卿只是装作漫不经心地说:"有时候,不应该拿同样的眼光看待每一个人。"

直到后来她离开叙利亚首都大马士革的时候,阿泰尔还特意过来,竖起大拇指对她说:"关记者还真是令人刮目相看。"

关卿得意地笑着打趣道:"你不知道的还多着呢。"

几人坐着车子摇摇晃晃,通过政府联军的护送,他们离距离叙利亚边境大约十公里处,位于邻国约旦的扎塔里难民营也越来越近。

一路上，关卿手中的相机都没有停过，不管是见到路边因为战争而饥瘦的动物，还是一些缓缓前行的人，就连那些枯草荒漠，关卿都忍不住想拍上两张作为留念。

就在快要到达扎塔里的时候，关卿手上的相机忽然顿住，随后，激动地对着前面正在开车的司机喊道："停车！"

大家都被关卿的这一举动弄得有些糊涂，孟梓烨率先不解地问道："关卿姐，出什么事情了吗？"

关卿将手中的相机往包里一放，拉过孟梓烨，指着前面不远处的沙草堆，说道："快看，那里是不是有人？"

孟梓烨眯着眼睛看了半天。这时候，旁边的阿泰尔直接将关卿拉回座位上，随意地说道："一个小孩，还是不要管。"

听到阿泰尔这么说，关卿激动地转过头问："你也看到了对吧？既然看到了怎么能够不管呢？何况那还是个小孩。"关卿不管旁边的人说什么，作势就要下车。

还没下去就被孟梓烨和阿泰尔一人拉着一只手，重新按回了座位上。因为挣脱不了两个大男人的钳制，关卿只能用眼神瞪着他们，这时候旁边那个前辈，慢悠悠地对关卿说："我们是来工作的，不是来做慈善的。"

"可是，我们……"

不等关卿说完，旁边的孟梓烨就打断说："这里的局势本来就动荡，你连看都没看清对方是谁就去救，万一对方是什么反对派的人呢,那你就等着喂子弹吧。"顿了顿,他接着说,"我们来之前主编就向我们说起,一定要好好看住你,看来还真的有这个必要啊。"

关卿看了看旁边的几个人,只能退而求其次地说:"那我留些东西在这儿,他们要是看到了,也算是我的一点善心。"

这次大家倒是没有阻拦,任由关卿将自己包里的吃的留了一些放在路边。只是,一直到车子开远了很久,关卿的目光却还是看着那个沙堆。

生活在太平盛世的我们,总是以为自己能够拯救世界,结果最终却往往只能在一旁干看着,甚至连自己的安危都不知道在哪里去保证。

接下来的一路,关卿都没有再说话,几个男的本来就不喜欢说话,倒是让整个气氛显得异常沉重。

到达目的地之后,关卿没有让自己闲下来,先是和大家一起把帐篷都搭好,因为考虑到情况特殊,加上在这种地方也不是很安全,于是几个人决定就搭一个帐篷,说是睡在一起。关卿倒也不介意,反正出门在外,这种时候再拘泥于这些小节在别人眼里就变成做作了。

晚上,关卿一个人坐在帐篷外。这时候,阿泰尔从旁边走过来,淡淡地问道:"关记者还在想着下午的事情?"

关卿勉强地对他笑了笑，算是打过招呼，摇头说："想着什么时候回去！"

阿泰尔这次倒是没有嘲笑她，反而说："总比想回回不去好。"

听到对方这么说，关卿立即警惕地转头，之前因为工作的关系倒是没有问过阿泰尔的一些情况，现在看他这样，倒是引起了她的好奇，毕竟这个几乎什么时候都在笑着的大男孩，可是很少会流露出这些情绪的。

"你原本是哪儿的人？"

只见阿泰尔笑了笑："哈马。"

关卿没有再问下去，倒是阿泰尔自顾自地在一旁说了很多。原来，他是哈马的人，但是由于几年前的屠杀，他将家人全都转移到了国外，而自己也在比较安全的地方做翻译。

但是现在距离几年前的屠杀已经过去了三四年，他从那里离开之后就再也没有回去过，然而，那些不能像他一样离开的人，就只能在战争中拼命地活着。

到后来，阿泰尔只是望着远方不再说话。这时候，关卿的电话响起，拿起来一看，来电显示居然是何霜繁。

关卿诧异了一下，朝阿泰尔欠了欠身，走到一边接起电话。

"喂？"

电话接通了好久，关卿也没有听见对面有人说话，这时候旁边的两个人好像是为了一点点吃的在吵架，关卿本能地想过去帮忙，结果就听见何霜繁冷漠的声音从电话那头传过来，语气带着些许的质问："你在哪儿？"

"叙……"关卿刚想说出口，又觉得不对劲，自己凭什么要告诉他啊，于是话锋一转，"外面工作。"

"你怎么会在中东？"何霜繁的语气相当肯定，完全连反驳的机会都没有给关卿。

关卿立即皱起眉头，他怎么会知道自己在这边，因为感觉到电话另一端传过来了浓浓的怒意，只好解释说："工作原因，过来了半个月。"

"什么时候回来？"何霜繁冷冷地问道，语气里听上去好像是在威胁。

关卿想了一下，诚实地回答："快的话一个星期，慢的话应该还有十来天。"

"哦。"

还不等关卿说什么，何霜繁就挂掉了电话。望着手中的电话，关卿被弄得莫名其妙，这都是什么鬼，打个电话来，就问了一下自己在哪儿，什么时候回去，就没了？

这难道就是所谓的让他随时知道她在哪儿？

而另一边的何霜繁，在挂了电话之后，坐在床上，一脸的不耐烦中还夹杂着些许的担心，怎么会有这么不让人放心的女人。

　　心里虽然是在生气，可是行动上却是不情不愿地打开关卿报社的官网，一看，面色瞬间铁青，跑道中东去就算了，居然还是跑去叙利亚，真想敲开她的脑子看看里面是不是都是豆腐渣。

　　这样一来，何霜繁就更加不放心，连忙给这边的公司打了个电话，说自己临时有急事要回去一趟，这边的工作已经到了收尾阶段，上头倒也没有多问什么。

　　迅速将这边的事情一交接完，何霜繁就马不停蹄地去了叙利亚，不知道为什么，这一刻他居然会这么担心关卿的安危，生怕她在自己看不见的地方出个什么万一。哪怕明明知道最近签了停火协议应该不会有什么大事，却还是很担心，恨不得现在就把她弄回国去。

　　这种感觉让何霜繁有些烦躁，看来相思病还真的是一种病啊，而他竟然正在被这种病荼毒。

　　被何霜繁的电话弄得一头雾水的关卿，倒是没有何霜繁这样的烦心。

　　不过还是会想，当初自己来的时候因为太过激动，担心父母会阻拦，也不想他们担心才没说，现在看来，自己还是早点回去他们才会更加放心吧。

回到帐篷整理了接下来的一些任务，躺下的时候，孟梓烨关切地凑过来问她是不是还在想下午的事情。

孟梓烨是比关卿晚一年进入报社的，年纪也比关卿小，一开始是由关卿之前的师父带着，倒也算是半个师弟，所以两个人的关系一直还算不错。

想到今天下午的事情，关卿总不能怪罪他们吧，毕竟自己当时的那个举动确实有些冲动，在不清楚对方究竟是什么人，在不能保证自身安全的时候，居然还想着救别人，这样只可能拖累同伴。

关卿只好笑着解释："没有，只是在想着，接下来的时间怎么安排比较合理。"

孟梓烨也不好一直问下去，提醒了关卿别想太多早点睡之后，盖上被子不再说话。

接下来的采访中，许是关卿本身比较和蔼可亲的优势，加上阿泰尔对她的帮助也很多，算起来还是比较顺利的。

一天，回去的路上，关卿和阿泰尔在聊着今天采访遇到的一些事情，阿泰尔想到今天离开的时候一个小孩对关卿的评价，于是诚恳地对关卿说："他们说你很漂亮。"

关卿明显被这突如其来的夸奖弄得有点害羞，红着脸笑着说了句谢谢，又补充道："你们这边的美女也很多啊。"

这样一来二去地聊得正欢，结果一个不留神，没怎么注意脚下的关卿一滑，直接摔到了地上，阿泰尔赶紧伸手想扶起她，但是没想到关卿竟然已经自己站了起来。

关卿本来也没有当做是什么大事，结果一站起来，脚踝处传来刺痛感，让她差点又摔倒，幸好旁边的阿泰尔眼疾手快地扶住了她。

阿泰尔试探性地问关卿还能不能自己走，关卿咬着牙微微点了点头，结果两人还没走几步，就听到面前传来一个声音。

"关卿，你居然喜欢这样的人？"

闻言，关卿一抬头，发现不可能出现在扎塔里的何霜繁居然出现在这里，重点是，还出现在自己面前！

还不等关卿开口解释什么，只见何霜繁几个大步走过来，一个公主抱将她直接抱起，吓得关卿只得伸手死死抱住何霜繁的脖子，姿势显得异常尴尬。

何霜繁对阿泰尔说了一句我是关卿朋友之后，头也不回地离开了。

关卿还没有被男的这样抱过，只觉得四周全都弥漫着何霜繁的味道，脸瞬间变得通红，不好意思地嗔骂道："何霜繁，你这是做什么？"

哪知何霜繁连看都没有看关卿一眼,只是微微启唇,淡淡地说:"作为朋友,不能见死不救。"

朋友会一见面就这样抱起来?

关卿看着何霜繁那张放得很大的脸,就连他今天剃须水的味道都能闻得到,尴尬地轻咳一声,问道:"可是,这个姿势……"

"你见过人受伤的时候,还管姿势是不是优美吗?"不等关卿说完,何霜繁就已经不耐烦地打断了。

关卿只好闭嘴,心里忍不住吐槽,明明自己只是想说一下,这个姿势是不是太暧昧了,谁会在这种时候还管姿势美不美啊,刚刚自己那种一颠一颠的姿势都用了,难道现在的公主抱会比之前丑吗?明明现在讨论的是名誉问题。

在何霜繁怀里,关卿眼睁睁地看着他径直走过自己的帐篷,诧异地看着他,忍不住提醒道:"何霜繁,我的帐篷就在这儿。"

"我知道。"何霜繁冷冷地回答着,但是脚步却没有因为关卿的提醒而停下来。

看着帐篷离自己越来越远,关卿忍不住空出一只手,拍着何霜繁抱着自己的手:"你这是要去哪儿,都说了我的帐篷在那里啊。"

见关卿这样,何霜繁居然直接将她放到地上,不,准确地说是,丢!

关卿被何霜繁这么一折腾,正好又弄到了脚踝,疼得嘶嘶倒吸了一口凉气,猛地一抬头,瞪着何霜繁,一脸怒气。

当初自己觉得这样的姿势不好,他说受伤了不用在乎姿势,那现在又是在做什么,不想抱自己了,就这么随意地丢了,世上怎么还会有这样的男人啊!

哪知道,何霜繁的脸居然比关卿的还要臭,凉凉地问道:"你就这么喜欢和一群男的睡在一起,我还从来不知道,关小姐居然是这么不矜持的女人。"

关卿望着何霜繁,一股火直冲脑门,自己还没说,他像神经病一样,明明知道那是自己的帐篷还给自己抱到这前不着村,后不着店的地方来,他居然还好意思发火。

"现在情况特殊,何况那些都是我的同事,大家都彼此相信,有什么错吗?"

何霜繁冷哼一声:"反正就是不矜持。"说着,微微蹲下身,示意关卿到他背上来。

关卿不解地看着何霜繁,既然他都说她不矜持了,那也不介意让他再背自己一段,主要是自己的脚被他刚刚那一下,弄得更加疼了,她怕再强行走的话,明天的采访都可能耽搁了。

一趴到何霜繁背上,关卿脑子忽然闪过一个念头,嘲笑似的问道:"你刚刚不会是抱不动我了吧?"

何霜繁冷哼一声,闷闷地答道:"我都不好意思说你重,你居然还有脸问。"

关卿不满地撇了撇嘴,合着自己是在给自己挖了个坑往里面跳吗?真是……

当何霜繁将关卿背到一个帐篷前停下来的时候,关卿不免皱起眉头,这又是哪里啊?何霜繁把她背到这里究竟有何目的?想到这里,关卿半眯着眼睛,心想,她倒是要看看,何霜繁到底想要折腾些什么。

只见何霜繁这次倒没有像上次一样不知轻重,反而极为小心地将关卿放到地上,完了之后还柔声问关卿能不能自己走。

虽然不适应何霜繁这突如其来的温柔,关卿还是闻言勉强地试了试,最终抓着何霜繁的手臂才勉强一瘸一拐地进了帐篷。

一进去,关卿就下意识地打量了一下周围,问道:"这是怎么回事?"

"这是我转了很久才好不容易找到的地方,你住的那里人太多了,不喜欢。"何霜繁说的时候一脸得意。

听到何霜繁的回答,关卿瞪大眼睛,这算是什么理由呢?看见已经拿着医药盒出来的何霜繁,她又忍不住问道:"你什么时候过来的?"

"昨晚。"何霜繁回答得很干脆。

关卿半眯着眼睛想着,也就是说他是在打完电话之后就直接过来的,莫非真的像顾安静说得那样,他是在追自己?可是为什么自己对这样的事情竟然没有一点点反感呢。

"那你昨天是在哪里?"

何霜繁示意关卿自己把鞋子脱掉,然后简短地回答:"法国。"说完,何霜繁就把关卿的袜子脱掉,将她受伤的那条腿,找了个好一点的姿势放在自己脚上,然后上了一些跌打药上去之后,开始耐心地揉着。

尴尬地坐在那里的关卿,在何霜繁的手抚上自己脚踝的那一刻,本能地将自己的脚抽回来,却被何霜繁一把抓住。

何霜繁面色如常地看了一眼她,解释道:"搓热吸收得会好一点,如果你明天还想动的话,现在就不要动。"

关卿被何霜繁这一举动,又弄得脸颊通红,幸好四周光线比较暗,不然这种情况下,何霜繁一定将关卿这个尴尬的样子,一览无余地全看在眼里。

在何霜繁给她揉腿的过程中,关卿打量着周围,忽然脑子灵光一闪,这里只有一个帐篷,难道今天晚上自己要和他独处一室?

"何霜繁,今晚我要睡在这里吗?"终于在何霜繁收拾医药箱的时候,关卿实在憋不住地问了出来。

何霜繁看了一眼关卿,觉得她的问题有些多余,却还是解释道:"难道还有别的地方吗?"

刚刚说自己和男生睡在一起不矜持,现在又是怎么回事?关卿不满地闷声埋怨道:"那这个和我之前睡在那一边有区别吗?"

"我们是朋友。"何霜繁淡淡地解释。

"我和他们也是朋友。"关卿反驳道。

"那不一样。"

还不一样,有什么不一样吗?还是说现在自己和他睡在一起就是合理的了?关卿现在恨不得将何霜繁的大脑劈开看看里面装的到底是什么东西,怎么回答问题的时候,都这么奇葩呢。

接着只听见何霜繁补充道:"我能够相信我自己,但是我不相信他们。"

这又是什么鬼理由?可是看在何霜繁好心地帮自己揉过腿的份上,关卿觉得还是忍忍吧。

何霜繁是那种睡相相当好躺下之后就不会动的那种,反倒是关卿,各种奇形怪状的姿势就算了,居然还狠狠地踢了何霜繁几脚。早上起来的时候,关卿只觉得何霜繁看自己的眼神有些奇怪,却完全记不起昨晚的事情。

早上关卿和他们会合的时候,何霜繁就站在旁边,孟梓烨看到后,朝着关卿打趣道:"昨天阿泰尔回来告诉我你被一个帅哥抱走了，我还不相信呢，现在看来是真的了。"

一说到抱走，关卿瞬间想起了昨天的公主抱，脸差点又红了，幸好何霜繁及时地转移了大家的注意力，做了个自我介绍，礼仪也算是做得周全。

这时候，阿泰尔从旁边过来，问关卿的脚有没有好一点，顺便问了一下，今天要去的地方。

结果还不等关卿开口，就听见何霜繁淡定地告诉阿泰尔说不用了，关卿诧异地说："没有他，我怎么采访？"

"放心，有我。"何霜繁摸了摸关卿的头，安慰道。

关卿有点不确定："你还会阿拉伯语？"

"刚好在大学的时候，闲得无聊，学了一下。"何霜繁说得一脸轻松，就好像吃饭的时候顺便吃了一个水果一样，不知为何看在关卿眼里那么的欠扁。

既然有人愿意主动帮自己，关卿自然不会拒绝，只好有些歉疚地告诉阿泰尔，让他今天好好休息一下。

阿泰尔倒是没有强求，既然有人愿意主动接下他的工作，他倒也乐得轻松。

不得不说，虽然何霜繁说话的时候很欠扁，但是在语言方面简直天赋异禀，听得关卿目瞪口呆，这就是所谓的闲得无聊学了一下，明明就已经到专业水平了啊！

看见关卿对自己表现很满意，何霜繁毫无表情的脸上，也多了一丝变化。

接下来的几天，何霜繁倒是帮了关卿不少，加上两人配合得也默契，关卿这边的工作倒是进展得很顺利，居然在工作安排之前完成了任务。

工作一完，何霜繁就直接不予反抗地表明让关卿马上就跟自己回国，一向容易伤感的关卿忽然有些难过，问道：能不能让她再去道个别。

何霜繁知道关卿说的是之前采访过的那些人，也知道关卿其实是个心思很细腻的人，而本来已经准备好的那些坚决让她回去的话，忽然有些说不出来了。

看着关卿和周围的一些妇女说话，何霜繁不知道为什么有一种看着自家孩子出去找朋友玩的既视感。

忽然有人问何霜繁，看自己老婆这么辛苦会不会心疼的时候，何霜繁一阵尴尬，下意识地看了眼关卿，发现关卿根本听不懂之后，才轻咳了一声，认真地说："我会支持她的梦想。"

关卿不解地看着他们两个人，不解地问："你们刚刚说了什么？"

何霜繁耸了耸肩说："说我哪根筋不对陪你过来这里。"

看见他这样一副欠扁的样子，关卿冷哼一声，嫌弃地小声吐槽："说得好像是我要你过来的一样。"

Chapter.7
关卿好像不见了!

从外面回来之后,关卿就听话地开始整理自己的东西,回国的时间是定在明天早上。

自从上次被何霜繁抱到他的帐篷之后,关卿的东西第二天也被何霜繁一股脑地全搬了过来,要不是那几天腿脚不方便,她一定不会容忍何霜繁这样为所欲为的。

已经整理完东西的两个人面对面坐在帐篷里,关卿只觉得气氛里透露着淡淡的尴尬。

在两人僵持了十多分钟之后,关卿实在忍无可忍地打破了这种尴尬:"我出去走走。"

想到明天就回去,加上现在外面还是在白天,何霜繁倒是没有怎么管她，嘱咐了一句不要乱跑之后，就放任她出去了。

这些天跟着关卿翻译那么多阿拉伯语，他已经很累了，要知道以前就算是翻译也是商业翻译，这种活儿，就连在上学的时候，都没有做过。

顾安静电话打来的时候，关卿还没有回来，显然何霜繁并没有意识到关卿已经出去很久了。

看见备注是顾安静，还疑惑了顾安静什么时候会给自己打电话："你好，何霜繁。"

"嗯？怎么是你？这不是关卿的手机吗？"顾安静听见对面传来的是何霜繁的声音，她诧异地看了一下手机，发现自己没有打错电话啊，那电话另一端是怎么回事，竟然已经发展到连手机都互换了？

何霜繁也是听到顾安静这么说才意识到自己拿着的是关卿的手机，只好淡淡地说："她出去了，现在不在。"

"她出去了？那你怎么不跟着？你们不应该现在正在热恋期吗？应该是处在连体婴儿的时期啊！"

面对顾安静这一大串的问题，何霜繁不悦地沉声道："我不记得你平时有那么多问题的！"

顾安静立即识趣地同何霜繁说，关卿回来之后要她记得告诉她自己找过了，让她有空回个电话，还不等何霜繁说话，就迅速挂掉了电话。

何霜繁这才注意到时间，距离关卿出去已经有将近三个小时了，按照国内的时间应该都已经到了凌晨，关卿出去的时间好像真的有些久。

起先何霜繁以为关卿可能会和孟梓烨他们在一起，但是一问才知道关卿根本就没有去他们那里。

不知道为什么，何霜繁内心忽然异常不安，从孟梓烨那里离开后，立即围着自己的帐篷，绕着圈子一点点开始找，一些人表示没有看见过，就算是看见过的也都是在两个小时前。

这时候阿泰尔从一旁经过，看见何霜繁就忍不住地问他关卿在不在。

何霜繁本来就不是很喜欢这个在第一天见面就挨关卿这么近的男人，尤其是现在这种自己还在找关卿的情况下，他更加没好气，告诉了一句关卿不在之后，继续找。

不知道为什么，距离关卿离开时间越久，心里的那种不安就越强烈。

阿泰尔并不知道何霜繁内心的焦急，锲而不舍地跟在他后面，说："我想告诉关记者，那个小孩好像找到了。"

本来很烦一直跟在他后面的阿泰尔的何霜繁，听到有关关卿的事情，赶紧转身问道："什么小孩？你见过关卿？在什么时候？"

"大概是在一个半小时前，有人丢了孩子，问到关记者，那人关记者好像还认识，关记者听不懂，就问我对方怎么了，我就告诉她是孩子不见了，当时关记者好像表现得有些难过。"阿泰尔好好地回忆了一下当时的情况，简单地和何霜繁说了一下。

原来关卿从帐篷出来后，在周围随意地转了转，同时拿着相机，打算拍一些东西留作纪念。大概在外面待了个多小时之后，本来是打算回去的她，结果发现一个接受过她采访的妇女，正在人群中胡乱地奔跑，像是在寻找什么一样。

因为语言不通的原因，关卿完全听不懂，但是看到那人的神情，好像是发生了什么大事情，于是内心的最原始的那个善心，促使着她想上前询问。

那个妇女好像也注意到了关卿，立即过来拉着关卿，问道："你看见我的孩子了吗？"无奈关卿完全听不懂对方在说什么，只能摆手表示不知道。但是看到对方焦急的样子，就知道一定是什么大事。

本来打算叫何霜繁出来看看到底是什么事情的，恰好阿泰尔从旁边经过，关卿就一把拉住阿泰尔，问发生什么事情了。

阿泰尔看了看那个妇女之后，表现得有些惋惜："好像是孩子丢了。"说完叹了口气,"在这里不见的孩子多半还是想回去吧!"

阿泰尔显然没有意识到自己这句话对关卿的影响会有这么大,说完后,轻轻拍了一下关卿的肩膀,希望她不要太难受之后,就走了。

关卿站在那里看着那个妇女挨个挨个地问着同样的一句话,虽然自己听不懂,但是了解了事情之后,多多少少也能想到她问的是什么,可是再看被问到的其他人,不过是下意识将自己怀中的孩子抱得更紧,却没有谁愿意站出来帮忙。

战争已经给大家的精神造成了很大的伤害,能够离开家乡逃到这里来的人,都是为了能够活下来的人,自然没有人会在这种时候站出来,重点是,几乎所有的人好像都有一个共识,那就是从这里离开的孩子基本上都是回了叙利亚。

如果关卿没有记错的话,这位妈妈来自阿勒波市,是整个战争比较激烈的地方,之前战争比较激烈的时候,几乎天天都可以看见枪战。

前几天的闲聊中,关卿还问过他们想不想回去,可是今天就发生了这样的事情。

对于生活在难民营里的人来说,这样的事情已经不是一两次发生,每个离开了自己家乡的孩子,几乎都想要再次回到那里。

可是对于这里的孩子来说,家,就是他们最奢侈的愿望。

看着在人群中奔走的那位妈妈,关卿的正义感迫使着她,觉得自己好像需要做些什么,看了看那位妈妈离开的方向,关卿拔腿,往反方向开始寻找。

因为语言不通,关卿的整个寻找都显得有些非常费力,忽然想到刚刚阿泰尔提到很多人都会想要回去。

回去?回叙利亚?

确实是有可能的,关卿想到自己前几天还问过那个孩子想不想家的问题,真是恨不得将自己舌头咬断。

综合这些结论,关卿已经在心里确信那个孩子可能是回去了,本来想打个电话告诉何霜繁的,但是发现手机没有带,刚往回走了几步,想到时间紧迫,越早去找他,他就少一分危险。

于是关卿不再管手机的事情,可能是来得这些天一直没有发生什么大事情,倒是让关卿胆子越发大了起来,也就没有想到可能会出个万一。

"后来呢,你告诉她那件事情之后呢?"何霜繁不确定地又问了一遍。

阿泰尔皱着眉头摇了摇头,因为当时有人找他,他就没有管关卿,将她一个人留在那里。

何霜繁观察着阿泰尔的表情，觉得他可能是真的不知道了，虽然一开始他就不待见这个一直黏在关卿身边的阿拉伯人，但是现在的情况来看，多一点人找关卿，她就会少一分危险。

"关卿好像不见了！"何霜繁担忧地说道，就连音节都有些咬得不准。

一听关卿不见了，阿泰尔也慌了，要知道在这种地方走丢，随时都可能遇上无法挽回的意外。

看着自己手上的关卿的手机，连最便捷的通信设备都不能用，何霜繁只觉得胸口闷闷的，怎么会有这么不顾后果的女人，真是……

何霜繁赶紧叫上了孟梓烨他们，加上一些难民区的志愿者一起找，毕竟以现在的情况来看，只能靠人力了。

这时候，有人告诉何霜繁说看到关卿好像朝叙利亚的方向去了，当时何霜繁就觉得整个心提到了嗓子眼。

慌张地对那人说了句谢谢，拔腿就往叙利亚的方向跑去，心里相当恼怒地骂道：一下没看着，就给我闹事，真的想死在这里吗？自己的事情都管不好，居然还妄想去帮别人，真是笨女人。

关卿沿着往叙利亚的方向找，因为难民数量较多的原因，本来一片荒凉的沙漠上居然全是安置所，想找一个人谈何容易。

可是按理说，一个小孩应该不会跑这么快的，但是她找了将近四个小时，却还是没有半点那个小孩的消息，这不禁让她更加担心，想到第一天来扎塔里的路上遇到的那个小孩……

关卿不敢再往下想下去，只能加快了步伐……

可是，天早就已经暗下来，借着月光寻找的关卿不免有些害怕，想到何霜繁说的不要乱跑，关卿觉得自己还是先回难民营比较好。

等她回头，却发现自己居然迷路了。

在这种放眼望去都是沙漠的地方，根本没有什么标志性的东西可供记忆，关卿一咬牙，只能顺着感觉找回去。

而另一边的何霜繁，一路问过来，发现关卿真的是朝这边来的，一颗悬着的心终于稍微放松了一点。

然而何霜繁那颗悬着的心还没有放下多久，右前方忽然传来的爆炸声却让他更加慌乱，心脏猛地像是坏掉了一样，脚上的步伐也从匆忙变成了疾驰。

Chapter.8

她忽然感觉，要是何霜繁在的话就一定会没事的。

发生爆炸的时候，关卿正好在那附近，一听见爆炸声立马吓得连忙躲到了一旁的草堆里，可是这里本来就是荒漠，草也长得不是很深，即便关卿几乎将自己缩成了一团，也只能勉强躲在里面，小心地观察了一下周围后，她发现一旁好像有房子，本能地想要跑过去。

可她只是微微探出了头，一阵更加激烈的爆炸声让她不得不又缩了回去，等她再想过去的时候，发现腿已经不听使唤似的，动不了了。

关卿第一次感觉到死亡离自己那么近，近得让她觉得有点窒息，随之而来的是脑子开始一片空白，心脏跳动的声音在这种环境中关卿都能听得一清二楚。

虽然来的时候已经想过可能会遇到这些情况,但是当这种情况真正来的时候她还是会恐惧,想到家里的父母,觉得自己真是不孝。

不知道为什么,她忽然感觉,要是何霜繁在的话就一定会没事的。

一直到这一阵爆炸声停止,关卿才微微舒了一口气,但是这口气还没结束,一串脚步声由远而近,让她猛地一惊,整个人都僵在了那里。

看来今天是要葬身在这里了,想到顾安静前段时间打电话说的事情,要是现在她在这里的话,关卿觉得自己一定会在死之前先掐死她,什么破乌鸦嘴。

关卿开始揣测着自己会被怎么样抓走,要知道以她现在的处境,不管是政府军,还是反对派都未必会相信她。

他们会怎么虐待自己,做成人体炸弹?做人质?挡子弹?

总之都是死!关卿死咬着牙自欺欺人地在心里默念着,看不见我看不见我……

忽然,那串脚步声在自己身边停住,关卿只觉得心脏"咯噔"一下,停住了半秒,紧接着开始不受控制地乱跳,就连呼吸都开始不受控制地变粗,一把枪伸过来,想要挑开挡住关卿的杂草。

完了！

关卿视死如归地将眼睛闭紧，但是微微发抖的身体还是表明了她内心的害怕。

紧接着，世界像是静止了一般，迟迟没有动静。

就在她觉得自己像是等了一个世纪这么长，怎么还没有动静的时候，不免有些疑惑，做了几次深呼吸，终于鼓起勇气开始睁开眼睛。

嗯？眼前的人怎么会……这么眼熟！

何霜繁？

关卿猛地受到了惊吓，睁开眼睛直直地看着眼前的人，怎么回事？何霜繁怎么会出现在这里？

自己这是死了？可是为什么自己死了第一个见到的人是何霜繁，这也太奇怪了吧。

何霜繁当然不知道关卿脑子里的弯弯绕绕，从听到爆炸声开始，他就用百米长跑的速度朝着这边跑过来，完全是凭着一种直觉。

一直到了这里之后，他才反应过来，要是关卿不在这里怎么办。

可是当他看到躲在草丛中微微发抖的关卿时，他忽然暗自庆幸，幸好自己没有犹豫地过来了，不然……后果不堪设想。

他记得那把枪都快指到关卿的脑门了,真是笨女人,明明胆子这么小,为什么还要逞英雄,要不是他当时眼疾手快地消除了那人的记忆,让他暂时昏睡了过去,那现在她恐怕就……

忽然有那么一瞬间,何霜繁忽然觉得,原来那些伴随着自己,让他一直以为自己是个怪人的能力,在这一刻这么受用,他有些庆幸幸好自己异于常人。

如果今天自己没有找来,如果自己没有那个与生俱来的能力,后面的事情,何霜繁连想都不敢想。

"现在不是花痴的时候,我不知道他什么时候会醒过来。"何霜繁伸手轻弹了一下关卿的脑门,提醒她现在的处境。

额头上传来的疼痛准确地告诉关卿,她还活着,那这个何霜繁……是真的?

关卿一把抱住何霜繁,激动得快要哭出来:"何霜繁,真的是你吗?你知不知道我差点吓死在这里!你知不知道我好害怕。"

何霜繁显然没有料到关卿会这么激动,赶紧捂住关卿的嘴巴,拍着她的后背,半是安慰地提醒道:"我知道,我知道,周围还有人,我们回去后再说好吗?"

关卿这才反应过来,只得轻咬着唇朝何霜繁点了点头,表示自己知道了。

何霜繁观察了一下周围的情况，最终将目标锁定在了刚才关卿也看见的那个废弃的建筑物，就在决定冲过去的时候，枪声在四周响起，关卿吓得本能地握住何霜繁的手。

就在何霜繁犹豫的时候，他的余光正好瞥见地上的那个人，发现他已经有苏醒的症状，只好一咬牙，不管不顾，拉着关卿就朝旁边的建筑物跑去。

本来相当害怕的关卿，在看到何霜繁拖着自己跑的背影时，不知为何，心里突然莫名地一暖……

"何霜繁，你是怎么找到这里的？"两人找了一个较为隐蔽的位置坐下之后，关卿立即将心里的疑问说出来。

何霜繁看了一眼关卿，面色淡定地解释："因为听到爆炸声。"

所以，他是担心自己才找了过来的？关卿忽然想要好好地抱一下何霜繁，幸好他找过来了，不然刚才自己还不知道该怎么办呢。

当关卿真的这么做时，何霜繁害羞又别扭地将她从自己身上扒下来，语气里透着不满："怎么吓得连矜持都忘了？"

周围只有远处爆炸时留下的光亮，关卿隐约地看到何霜繁脸上的表情，扑哧一笑："何霜繁，你是在害羞吗？"

"没有。"何霜繁别扭地转过头。

关卿倒是没有继续追问，因为枪声开始朝这边逼近了，何霜繁能够感觉到关卿抓着自己的那只手越抓越紧。

忽然，关卿轻声问道："何霜繁，你说我们还能赶得上明天的飞机吗？"

何霜繁知道关卿是在转移自己的注意力，也就顺着她的话接下去："应该没问题。"

"那要是我们错过了，我们什么时候回去啊？"

"别以为我会陪你继续待在这种地方。"

何霜繁的话一说完，一把枪毫无预兆的朝这边扫射过来，何霜繁本能地将关卿拉到自己怀中，翻身压在身下。

伴随着枪声，何霜繁能够感觉到怀里的人在瑟瑟发抖，只好出言轻声安慰道："你要相信我不会让你有事的。"

关卿只是抓紧何霜繁的胳膊，微微点了点头，从鼻腔里发出一个细微的音节。

那人似乎也不确定里面有没有人，加上光线太暗也看不清楚，探头看了看发现没看到什么，就转身离开了。

听着渐渐离开的脚步声，关卿本能地想去看看，但是被何霜繁按住，一直到听不见脚步声，何霜繁才勉强将自己撑起来。

一起来，关卿就关切地问道："你没事吧？"

"还好。"

关卿皱着眉头看着一旁的何霜繁，心里疑惑，为什么她觉得何霜繁好像是在忍受着什么一样。

在她还来不及问什么的时候，何霜繁已经拉着她小声地对她说："别说话，那边应该已经控制住了，不管是谁控制谁，我们都必须尽快回去，不然恐怕就真的赶不上飞机了。"

关卿瞪了一眼何霜繁，明知道刚才自己只是害怕，居然还要用来取笑自己，但还是听话地猫着腰跟着何霜繁离开这里。

接下来的路上，两人都保持着沉默，全都没有说话，何霜繁是因为身上的伤口疼痛，一直忍着希望关卿不要想多，至于关卿是以为何霜繁在生气，却又不知道说什么。

两人回到帐篷的时候，已经是深夜了，关卿发现，孟梓烨和阿泰尔他们居然都站在自己帐篷外面，这才想到自己出去是为了找一个小孩，前面一直被那场意外给吓到了，倒是忘记了自己真正离开的原因。

"对了，那个小孩……"

"找到了，找到了。"阿泰尔点头道。

孟梓烨见他俩回来，悬着的心也放下了，见两人好像没什么事情，打了招呼，顺便说了一下主编说因为今晚的事情发生得突然，希望能够留下来做个报道，可能要多待几天，就离开了。

关卿下意识地看向何霜繁，想到之前何霜繁说的不会陪自己在这里待着，也就是说会尽快回去，一时间不知道怎么回答。

"既然这样，那就都回去休息吧。"何霜繁也猜到了关卿在顾及什么，但是又不忍心她放弃工作，只好替她说了。说完就拉着关卿回了帐篷。

关卿显然没有想到何霜繁会替自己说这些，跟在后面回头跟他俩示意了一下，就被何霜繁塞进了帐篷。

注意到何霜繁身上的伤口是在后半夜，还是因为看见了何霜繁无意间丢在一旁的衣服上面有血迹，关卿想都没想就拿着衣服去找何霜繁。难怪之前何霜繁会将自己赶出去，原来是为了掩盖身上的伤口。

何霜繁显然没有意识到关卿会看见那件衣服，所以在关卿问起的时候，有小小的迟疑，但很快就故作冷静地解释："只是小伤，不用在意的。"

因为身体异常的原因，这种伤在别人那里可能是致命的，但是在何霜繁这里就像是被小刀割伤一样，流点血就好了。

可是关卿不知道，她以为何霜繁是因为怕自己担心而隐瞒，于是不管不顾地直接将何霜繁推倒，掀起衣服，查看他的后背。

"关卿，你……"何霜繁下意识地想要阻拦，但是话还没有说完，就看见关卿怔在那里。

怎么会这样？何霜繁的那些伤口居然在……愈合？速度虽然缓慢，但是关卿能够清楚地看见，它们真的在愈合。

"何霜繁，你……你的伤口怎么会……"

何霜繁看着坐在自己后面的关卿一脸震惊。何霜繁意识到，现在坐在自己后面的不是了解自己的母亲，也不是陆怀，而是一个对自己一无所知的关卿。

他转过头抓着关卿的肩膀，连自己叫了她好几声，她都听不见。

"关卿？"

何霜繁不死心地再叫了一遍，只见关卿愣愣地抬起来看向何霜繁，然后幽幽地问道："你说在我身边才像个正常人，所以你真的不是人？那你到底是什么？"

他被关卿问得愣住了，虽然这样的质疑不是第一次发生了，但是为什么这一次他会那么难以启齿，不知道该怎么解释，说自己从出生开始就是这样？还是说自己其实也不知道自己是什么？

看着关卿这副样子，何霜繁心一横，觉得还是不要让她知道为好，他倒不是怕关卿会将这件事情说出去，而是他害怕关卿会像别的人一样害怕他、排斥他，甚至疏远他。毕竟在关卿身边的感觉好像很不错。

他不得不消除关卿的记忆，以防万一，就连关卿今天下午出去后的一切事情，都连带着一起消除了。

关卿醒来的时候已经是第二天的早上,只觉得头有些迷迷糊糊,她感觉昨天晚上自己好像做了一个好长的梦,浑身都只觉得酸痛,她伸手拿起旁边的手机一看,竟然已经是早上十点多了。

发现何霜繁早就已经整理好东西,等在一旁,就差没有拆帐篷了。

因为孟梓烨担心他们的提醒会导致关卿记起昨天的事情,于是今天一大早,何霜繁就和大家说,关卿昨天受到了一点点惊吓,就不留在这边继续工作了,最好不要让关卿想起之前的事情。

大家也都清楚昨天晚上发生的事情,倒是没有说什么。

当关卿问道为什么孟梓烨他们不走的时候,何霜繁只好说他们领导安排了一个新任务,至于是什么,他并没有明说。

关卿自然没有怀疑,但总觉得自己好像丢失了什么一样,可是回想一下,却又什么都记不起来。

坐在车上离开的时候,关卿看着这些即便失去了家乡还是依旧要坚强活下去的人,不免心里觉得一阵难受。

她之所以将记者这个职业作为一直以来的奋斗目标,就是希望自己能够尽最大的能力让大家看到一些事情的本质,让大家更加了解自己生活的这个世界。

同时又是有些无能为力的，有时候明明看到了那么多让人难受的事情，却又只能像一个外人一样站在一旁干看着，做不了什么实际的帮助。

即便最后留在 B 市是在关妈妈的强烈要求下才这样的，但如果可以，她宁愿当一个最平凡走在基层的记者。

她还记得当年孟梓烨来的时候，有一次因为带他的老师不在，便说让他跟着关卿，恰好那个时候关卿在跟一个比较基层的新闻，环境比较艰苦。

当时刚刚出学校的孟梓烨并没有之前那些实习生的娇贵，反而任劳任怨，从那个时候起，关卿就觉得他应该能够在这一行留下来，于是在采访结束回去的时候，她忍不住问他："你怎么想到要来当记者的？"

对方当时好像很诧异，一路都没有怎么和自己说话的关卿为什么会突然问这样的问题，想了一会儿，笑着说："就是想知道得比别人真实。"

是啊，当年她也是想知道得比别人真实一点，但是没有想到有时候往往真相才是最伤人的。

她将头伸回来，问一旁的何霜繁："有没有觉得没有战争很好？"

何霜繁无奈地说道："难道你喜欢战争？"

怎么只是过了一个晚上,他怎么和变了一个人一样?交流不下去的关卿只好撇了撇嘴,转向一旁,独自看风景去。

车子是何霜繁来的时候租的,所以他们在去机场之前还去还了车。

临近上飞机的时候,关卿忽然想起来,自己还没有打电话给顾安静通知她来接自己的。刚想打电话,就被何霜繁拦住,说他已经通知了。

关卿将信将疑地看了眼何霜繁,只见他已经收拾东西过安检了,只得快步追上他。

Chapter.9

女婿,你和我女儿在一起多久了?

下飞机的时候,发现接机口根本没有人,关卿本能地瞪了一眼何霜繁,埋怨地问道:"不是说通知了吗?人呢?"

何霜繁也不知道顾安静在搞什么,明明不是答应说要来的吗,怎么会没有人呢?

就在何霜繁怔在那里,不知道要怎么和关卿解释这一切的时候,顾安静从正前方冒出来,欢呼雀跃地越过人群,冲到关卿面前一把抱住她就呼天抢地般喊道:"关卿啊,你居然背着我和别人约会,我真的太伤心了,你这种行为放在古代是要浸猪笼了,你知不知道?"

关卿只觉得耳朵被顾安静的声音炸得有些嗡嗡作响,这些话在这种时候听着总觉得哪里不对呢？转头往四周一看，只见大家看自己的目光充满了探究，尤其是那些年纪大的。

等等！刚刚顾安静说的话，难道……

关卿只觉得头皮一麻，看来自己这是被误会了，再看了看还趴在自己身上的顾安静，毫不留情地一把推开，嫌弃地命令道："拿着东西！"

将东西交给顾安静，她转头就发现——何霜繁好像面临着一个更严重的问题。

只见这时候不应该出现在这里的关妈妈已经热情地将何霜繁的东西交到了关爸爸手上，自己则挽着何霜繁的肩膀，一脸慈祥地问道："女婿，你和我女儿在一起多久了？"

关卿条件反射地看向顾安静，只见顾安静笑得一脸谄媚，然后提着东西迈着大长腿走在了最前面。

何霜繁这三十多年的生命里，还是头一次遇见一见面就开始叫自己女婿的，只能故作淡定地笑了笑，礼貌地解释道："阿姨还是叫我霜繁吧，我和关卿是在三十四天之前认识的。"

关妈妈一脸震惊，追问道："才认识一个多月，就在一起了？"

"我们只是好朋友。"何霜繁皱了皱眉，看了看一直在旁边对自己挤眉弄眼的关卿，老实地回答。

关卿显然很满意何霜繁的回答，对他表示称赞地竖起了大拇指。

哪知道关妈妈一脸了解的表情对何霜繁说:"我知道你们年轻人都不喜欢在大人面前说这些事情,我又不是什么不开放的家长,就不用骗我了。"

何霜繁有些无奈地看向关卿,只见关卿也皱着眉头看向他,嘴巴微微张了张,大致意思是:她不知道是怎么回事。明明只是出去工作了半个月,搞得好像是去偷情了一样。

"那个,阿姨,我和关卿是真的……"

关妈妈一脸我什么都知道的表情拍着何霜繁的手,点着头说:"阿姨知道是真的,要不今天晚上去我家吃顿饭,商量一下你们什么时候领证的事情?"

关卿见事情已经发展到了这种地步,要是再不出手解决,恐怕就真的要出大事了。关卿适时地丢下顾安静,从关妈妈和何霜繁中间插进去,一把推开何霜繁,然后一脸谄媚地对着关妈妈说道:"我们出去忙了这么久,很累的,要不今天就算了?我们改天再约。"

难得看见关卿这么激动,何霜繁的嘴角也挂起了少有的笑意,但是以他现在的情况确实不能答应关妈妈,也就顺着关卿的意思,装出一副很是疲惫的样子。

关妈妈见他们这样,也不好意思强求。

在机场目送关卿离开之后，何霜繁打了个车直接去了陆怀的医院。

毕竟身体里还有子弹没有取出来，虽然说伤口已经愈合，但是何霜繁并不喜欢在身体里装上一颗子弹，那种感觉并不是那么好受。

陆怀刚进手术室，就接到何霜繁打来的电话，说有事找他。

陆怀看了看手术台上的那只小狗，刚刚它的主人还点名要他来做手术，只好用不到十分钟的时间干净利落地做完手术，连手术服都没有脱就直接去了办公室。

"终于记起我来了，我还以为你要在那种破地方一直吃土，不回来了呢。"陆怀一推开办公室的门就朝何霜繁扑过去。

何霜繁相当嫌弃地将陆怀推开，淡淡地说："既然衣服都穿好了，那就去手术室吧。"

"你叫我来就是让我去手术室？"陆怀不可置信地看着何霜繁，心想自己刚从手术室出来，又要我去，还让不让人活啊！

何霜繁打量了一下陆怀的打扮，理所当然地说道："医生就应该一辈子待在手术室，这难道不是你说的？"

陆怀立马泄气一般耷拉下头，微微抬眼看向何霜繁，无奈道："太美的承诺都是因为太年轻。"

嘴上虽然不愿意，但陆怀还是走向办公室的最里面，在左边一面墙前面停下,不知扫按了个什么,只见本来光滑平整的墙面忽然打开,出现了一间装备相当齐全的手术室。

原来,陆怀学了那么多年的医学,却居然只是为了时不时地帮何霜繁检查一下身体。

看着眼前花了大价钱买的医疗器材,想不到还真有一天可以派上大用场。

何霜繁从未想过,自己三十多年里,第一次做手术,竟然是取子弹。

陆怀看着何霜繁在自己面前,一件件地脱衣服,忍不住捂着眼睛,羞涩地惊呼道:"何霜繁,你干吗在我面前脱衣服!你以为这样我就会从了你吗?"

"动手术不需要脱衣服?"何霜繁无奈地看了眼故作矜持的陆怀,提醒道,"你不是一直都觊觎我的身体吗?"

陆怀立马反驳:"胡说,我可是正人君子!"却又忍不住看了几眼,随后不悦地啐道,"话说,你从来不锻炼,怎么会比我的身材还好?"

何霜繁懒得和他废话,往手术台上一坐,指挥道:"帮我把子弹弄出来。"

一听见子弹,陆怀立即惊呼道:"天哪,你还真去那里喂子弹了,还把它们带了回来。"嘴上虽然这么说,但是手已经不自觉地拿起一旁的手术刀,看着何霜繁的后背,想着应该先取哪一颗比较合适。

因为何霜繁一直不喜欢麻药，陆怀也就顺了他的意思没有给他注射麻药，其实心里想的却是反正何霜繁又疼不死，没必要浪费祖国的资源。

趴在手术台上的何霜繁有一种任人宰割的错觉，一转头就看见陆怀笑得一脸邪恶地拿着手术刀在自己背上比画着，暗自为自己捏了一把汗。

陆怀伸手摸上何霜繁的后背时，何霜繁本能地打了个冷战，烦躁地瞪了一眼陆怀，像是在警告他不要随便碰自己。

陆怀嫌弃地戳了一下刚好有子弹的地方，不悦地说："不要以为我对你有想法，不摸我能知道什么地方吗？身体好到连一个伤口都没有，除了我，谁会相信你有病。"

何霜繁被他这样一戳，虽说没有伤口，但是不代表这样就不会疼啊，他倒吸了一口凉气，扭着脖子用眼神警告着陆怀最好动作快点。

陆怀当然不是那种可以随便威胁到的人，看见何霜繁这样之后，只是无奈地摊了摊手，表示自己尽量。

将所有子弹都取出来的陆怀，看着何霜繁已经开始慢慢愈合的伤口，也不管他，开始收拾着现场，除了那几颗子弹之外，将别的东西全都拿了出去丢掉。

等他回来之后，发现何霜繁已经穿好衣服坐在沙发上了，手里拿着的正是他刚刚取出来的子弹。

陆怀脱下身上的手术服，坐回自己的位置上之后，像是在询问病人一样问道："她知道你帮她挡了这种东西吗？"

"知道，不过已经不记得了。"何霜繁说得很轻松。

陆怀惊讶地看着何霜繁，问道："难道……"

还不等他说完，何霜繁就点了点头，将整个事情的经过跟陆怀说了一遍。

听完后的陆怀对此嗤之以鼻，嫌弃地说："那你还逞什么英雄，白白挨了几枪，又没有任何意义。"说完，脑补了一下，自己为心爱的女子挡了几枪之后，对方抱着自己撒娇的样子，一脸满足。

何霜繁无语地拿起衣服提醒道："送我回去。"

因为受伤的原因，何霜繁早就已经撑不住了，虽说他的身体会自动愈合，可受伤后的他却是会进入到一段休眠期的，至于是多久，没有定论，基本上是视伤情的严重性决定的。

陆怀自然也是知道这个的，倒也不再开玩笑，连东西都懒得收拾，跟着何霜繁就出去了。

在车上的时候，何霜繁就已经熬不住，害得陆怀连闯了几个红绿灯，才在他还没有睡着的时候安全地送到了家里。

坐在家里整整被关妈妈围着盘问了一个多小时的关卿，问题从两个人是怎么认识的，到这次两人出去做了些什么。想到顾安静在回来的时候告诉自己，因为关妈妈的电话打到她那里，她就只好信口胡诌了一个理由，说自己和何霜繁旅游去了。

听到这个消息的那一刻，关卿的内心是崩溃的，恨不得冲过去将顾安静给掐死。想到自己这么多年，找各种理由拒绝了这么多人，就是为了不让关妈妈知道自己谈恋爱，然后开始准备催自己生小孩，结果就被她这么简单地摧毁了。

果然，问到最后，只见关妈妈面带笑意，威胁道："关卿，你们关系既然这么近了，就最好早一点让生米煮成熟饭，到时候，我们满月酒和喜酒干脆一起办了，免得折腾。"

关卿不可置信地看着妈妈，她还是第一次看见有人这样教育自家孩子的，正常的不应该是说，你们两个在还没有结婚之前还是注意一下，或者说，什么时候把证一起领了，免得出现意外。

现在这个是什么情况啊！

万般无奈之下，关卿只好装死地往沙发上一躺，哀怨地说："您的女儿已经阵亡。"

关妈妈这才适时地打住，心里想着，什么时候把女婿叫上门好好地商量一下这些事情，再看了看一旁的关卿，心想：到时候你不从也得从。

想到自己妈妈一开口就叫人家女婿，总是冒昧的，见关妈妈往厨房一走，关卿立马溜回房间，盯着电话做了好久的心理准备，就连腹稿都起码准备了好几千字，才下狠心拨通电话。

何霜繁显然没有想到这种时候会有人打电话过来，工作方面早在下飞机之后，他就已经通知了老板，说自己要请最少半个月的假，至于朋友就更加不可能了。

毕竟他的朋友本来就不多，陆怀也不可能打电话过来。

他迷迷糊糊接通电话，只听见那边"喂"了一声之后，就开始吞吞吐吐地说了一大堆你你我我之类的，何霜繁一下就猜到了是谁，硬撑着问道："有事吗？"

"我……下午的事情还请你不要介意。"终于关卿一咬牙省去了所有的修饰，直接切入主题。

何霜繁现在已经困得不行，如果不是因为她是关卿，估计他早就将电话挂了，只见他闷声应道："嗯。"

关卿明显在何霜繁迷迷糊糊的呢喃里听出了不对劲，连忙问道："何霜繁，你怎么了，没事吧？"

"没事。"何霜繁回答得很简短。

关卿有些不相信地再问了一遍："你确定？"

何霜繁："嗯。"

关卿还是第一次听见何霜繁说话的时候这么温顺而简短，

皱着眉头有些不相信。倒是那边的何霜繁,见她这么久不说话,用最后一点力气说道:"没事我就挂了,困了。"

还不等关卿回答,那边就已经挂了电话。关卿有些疑惑地盯着手机,虽然自己和何霜繁没打过几次电话,但是今天,她总觉得哪里好像有些不对劲,可是等她再打过去的时候,电话已经关机了。

之后的很长一段时间,关卿都有些心不在焉,就连去顾安静家里,都还走错楼栋,差点被人家以为她是什么不良人士,叫来保安,害得顾安静还下楼一次,跟保安纠缠了一会儿,才将她领回去。

顾安静将关卿往自家的沙发上一丢,给她端了一杯白开水之后,问道:"你怎么了,失魂落魄的,被开除了就直说。"一说完,又觉得哪里不对劲,自我否定道,"不对啊,要是被开除了你不是应该在寻死觅活了吗?"

"你就不能盼我点好的?"关卿幽怨地看着顾安静,不满地说。

顾安静无所谓地耸了耸肩,像是在说这件事情和我无关。

关卿只好白了她一眼,往她家的大沙发上一躺,闭目养神。

忽然,顾安静像是想起一件事,不满地说道:"老实说,何霜繁怎么会去叙利亚，我不记得你们有带翻译过去啊。"

"他自己过去的。"关卿老实地回答。

顾安静敏感的嗅觉闻到了一丝不寻常的味道："那他就是跟着你过去的，那你的手机怎么会在他手上？"

"我落在帐篷，他就顺便帮我接了吧。"

顾安静的脑回路立马脑补出了两个人在帐篷里，做一些不寻常事情的画面，再看了眼躺在沙发上的关卿，连忙将她拉起来："关卿，我们去一趟医院吧，我觉得你需要检查一下。"

关卿不解地看着顾安静，好好体会了一下她话里面的意思，还是没有听懂她说什么，不解道："什么鬼？"

"你们都住在一起了，这孤男寡女，干柴烈火，燥热的小帐篷里，温度的升高伴随着荷尔蒙刺激着大脑神经。"说到这儿，顾安静更加肯定了自己的想法，不管不顾地将关卿拉起来，"你赶紧跟我去一趟医院，实在不行，要不我去楼下帮你买验孕棒？"

买验孕棒？买这个东西干什么？

看着一直盯着自己肚子的顾安静，关卿总算知道她说的是什么意思，一脸嫌弃地甩开顾安静的手，无奈地说："就算我想和何霜繁约，也不会在那种时候啊，何况我们就是单纯地同居了几天，没有你想的那么龌龊。"

顾安静见关卿这么肯定，不确定地问道："你难道不因为有了一个时机不对的孩子而苦恼？"

"要是有，那时机恐怕还就对了，可惜没有对的时候。"

顾安静只好暂且相信关卿，想到关卿好像也没有骗自己什么事情，也就不再逼着她去医院，但还是觉得他们两个在同一个帐篷睡了这么多天居然没有成功，有些不可思议。

Chapter.10——

"关卿,你要告白了?"

接到来自大学班长电话的时候,关卿正被顾安静拉着陪她一起去做美容,刚刚躺下还没有十分钟呢,就听见电话打了进来。

一看是大学班长,关卿猛地坐起来,倒是把一旁的服务生吓得手一抖,还以为自己哪里弄得她不舒服了呢,要知道上头可是说了今天来的两个都是这里的老顾客。

只见关卿看了一眼顾安静,做了一个手势之后,接通电话。

当听到今年的同学聚会在本市的那一刻,关卿是崩溃的,要知道自从大学毕业之后,每年都不在本地,关卿也就乐得以自己工作忙去不了为理由不去参加,但是今年他们居然说在本地开,害得关卿找不到任何理由,只得向顾安静求助。

顾安静给了她一个鼓励的手势,示意她不要害怕,迎刃而上。

听见班长还在电话那头问她到底能不能去,关卿只好一咬牙,答应。

一答应完,关卿就开始后悔,自己凭什么要去参加这种浪费时间又毫无意义的聚会啊,要知道她在大学时的同学感情简直寡淡得加上一斤冰糖都甜不起来啊。

顾安静倒是不这么觉得,反而用关卿的手机在刚创建的群里面问道能不能带家属。一听带家属,大家就激动了,开始七七八八地扯着话题,终于有人问到了事情的源头。

"关卿,你这么说是因为已经有家属了吗?"

关卿看着顾安静递过来的手机,恨不得扑过去弄死她,谁让她用自己的号胡说八道的,真是成事不足败事有余。

"爸爸妈妈算吗?算的话大家都带上吧,说不定你们谁看对眼了,还可以直接见家长。"关卿一横心,果断回复道。

一旁的顾安静拿过手机一看,忍不住给关卿点赞,这么精妙的回答,已经让群内的一干小伙伴都不再说话了,要知道很多人已经是孩子妈了呢。

这时,顾安静忍不住提醒道关卿:"带家属你也不用怕他们啊，你不是还有何霜繁吗？"

说起何霜繁，都已经过去了三个星期了，自从回来的那天晚上打了个电话过去，他有气无力地回答了几句之后，就再也没有找过自己。她总不能告诉顾安静自己偷偷打过电话，连手机都关机了吧。

"我们真的不是你想的那样。"关卿无奈地解释。

顾安静无所谓地耸了耸肩："早晚的事！"

聚会当天，在顾安静的压迫之下，关卿给何霜繁打了一个电话，结果还是关机。

顾安静只好拍着关卿的肩膀安慰道："你就算没有何霜繁，依旧可以惊艳全场，相信我。"说着不等关卿有任何回应，就拉着她又是做头发，又是化妆的，弄得关卿好不自在。

就在关卿一只脚都已经踩进饭店的时候，顾安静却硬生生地把她拉到了对面的咖啡厅，拍着关卿的肩膀解释："主角一般都是最后一个出场的，偶像剧都是这么演的。"

于是，两人就坐在饭店对面的咖啡厅里，数着大家一个个地进去。

终于，顾安静估摸着差不多的时候拍醒了在一旁睡觉的关卿，昂首阔步地说："走，该我们出场了。"

关卿睡得一脸迷糊，只能任由顾安静拉着往里面走，迷糊间，她觉得自己好像看到了何霜繁，但是还来不及看清就已经被拉进了包厢。

顾安静笑得一脸妖孽地和大家打招呼，关卿倒是没有什么特别的表现，微微一笑，立马找了一个位置坐下，好像周围的一切应酬都和自己无关。

盯着眼前的饭桌，关卿想着自己能够吃多少，顺便想着，应该找个什么样的理由从这场无聊的聚会中离开。

这时候，一个男的忽然站起来，举起酒杯郑重其事地对关卿说道："关卿，对不起。"

这是什么情况？

本来在想着是应该让顾安静朝自己裙子上泼点水呢，还是和她吵一架的关卿，听到他这么说，本能地想问顾安静这是怎么回事，结果一回头，发现顾安静一早就去了洗手间。

想了好久都没有想起对方到底是什么时候和自己有过交流，关卿只好淡淡地看着对方，希望对方能够给自己一点提示。

只见那个男的瞧着关卿没什么反应之后，又补充道："我没有想到因为我的事情导致你这么久居然还是单身，那时候我是真的不喜欢你，不过换成现在的话，我可能就答应了。"

关卿这才反应过来对方是在说什么，整个人恨不得将这饭桌都给掀了，不是说同学聚会联络感情吗，她现在怎么有种想要毁灭世界的错觉呢？

事情还需要回到几年前，那时候关卿还在读大学，那天下了很大的雪，关妈妈担心关卿在学校会冷，于是去给关卿送棉被。

结果在寝室楼下撞见关卿和那个男的正在说话，那时候的关妈妈已经辛勤地给关卿安排了好多场相亲了，见到这样的场景之后，脑补出了差不多一万字两人在一起的场景，以及关卿为什么会拒绝那么多次相亲的理由。

于是，提着棉被的关妈妈一脸和蔼可亲地出现在两人面前，直接忽略关卿的存在之后，亲切地问那个男的叫什么名字，然后开始热情地邀请他去自己家里吃饭。

站在一旁的关卿完全连嘴都插不进去，只能眼睁睁地看着关妈妈将整个事情越描越黑，内心崩溃。

这些都还不算什么，重点是，第二天，那个男生就牵着自己班的另一个女生出现在她面前，一脸愧疚像是做了多么艰难的选择之后，对她说，他根本不喜欢她，说到最后居然还感谢她，说，是她给了他勇气让他去告白了。

看着这一切发生的关卿，恨不得买块豆腐砸死自己，合着自己喜欢他对他的刺激这么大，连告白都有勇气了。

后来的很长一段时间谣言都是，关卿被拒接，关卿的喜欢让人鼓起勇气告白,关卿就是人间大天使之类的,害得关卿有一段时间恨不得将自己深埋井底,不要出现在人类的世界。

关卿看着现在眼前的男的,几番忍耐才克制住自己体内的暴虐因子,不然她真的不确定他还有没有命继续这场同学聚会。

可是这样一来,大家全部都重新唤起了那段记忆,一个个开始问关卿是不是还喜欢对方,有的已经开始鼓励关卿告白,甚至连《在一起》都已经唱了起来。

关卿面带微笑地喝了一口水之后,实在不想在这种场合下扰乱气氛,刚打算自己一个人功成身退。

只是她一转头,就看见顾安静居然站在门口,重点是,她身边的人怎么会是——何霜繁?

关卿整个人都僵在那里,不知道该做什么,看着对着自己笑得一脸灿烂的何霜繁,关卿忽然觉得他比周围那些男生好看多了,明明何霜繁身上穿的就是很平常的衣服,都能将他衬得如此有气质,而那勾起的嘴角在现在简直是致命的诱惑。

大家当然也注意到了何霜繁,女的一个个眼睛放光,恨不得立即扑过去,至于男的顿时觉得自己黯然失色。

何霜繁径直走到关卿身边,却不打算坐下。

关卿不解地看着何霜繁,皱着眉头问道:"你怎么……"

还不等关卿问完,就听见顾安静已经笑着和大家解释道:

"不好意思，出去的时候见到了一个熟人，就顺便叫他进来坐坐。"

看到这样的场面，大家已经有点蒙了——这个美男子是顾安静的男朋友的话，为什么他会站在关卿旁边，而且好像还是气势汹汹一样？

顾安静一坐下就故意问道："刚才你们在聊什么事情啊，这么兴奋？"

刚才她去洗手间的时候，刚好撞见何霜繁，顺便透露信息说关卿在那里，问他要不要去。

果然不出顾安静所料，何霜繁停顿了一下，瞬间答应。

可是她出来后，发现他居然还站在包厢门口，她不解地看了他半天，疑惑他为什么不进去。

抬脚就想进去，就觉得里面的气氛有些不对劲，这不是在欺负关卿吗，看了一眼何霜繁，立即想拉着他往里走，没想到何霜繁居然已经快她一步推开了门。

本来今天何霜繁还是被陆怀拖出来的，用陆怀的话说，冬眠了这么久，一定要出来好好补充一下体力，为下次冬眠做准备。

虽然不是很认同陆怀的观点，但何霜繁还是跟着他一起出来了,只是,到了之后才发现,来的人竟然包括他们整个医院的。

后来陆怀的解释是,他们医院出来聚餐,但是作为一个优秀的领导者,为了满足广大员工的要求,所以请来了他们梦寐以求的男人,也就是他。

知道真相的何霜繁眼神都能枪毙了陆怀,在那种压抑的情况下待了半个小时后,他实在受不了,只好说出去透透气,结果就看见顾安静从包厢出来。

听说关卿在里面,想到自己有将近一个月没有联系,只是没想到一过来,还没走进去,就听到里面在喊关卿和谁在一起,这话听得他有些恼火,重点是居然没有听见关卿反驳。

其中一个不喜欢关卿的人,一脸得意地说:"这不,刚刚大家说起当年关卿被拒绝的事情,正在鼓励关卿再次告白呢。"

那人一说完,一道道目光全都看向关卿。关卿注意到一旁何霜繁的脸色有些不对劲,阴沉得都可以将她撕掉,一脸这是怎么回事的表情,她只好尴尬地摇着头。

顾安静看了看一旁的两个人,顿时起了一种看好戏的想法,端起桌上的一杯白开水,装模作样地喝着。

果然何霜繁不负众望地眯着眼睛,质问道:"你告白了?"拖着长长的尾音,让关卿不由得打了个寒噤。

关卿只觉得四周凉风乍起,正襟危坐将背挺直,撇了撇嘴看了眼那个男的，不屑地说："我告白？玩笑吗？"说完之后，凑到何霜繁身边，小声补充道，"要告白我也是找你这样的啊，他们哪点有你厉害是吧，何大翻译。"

何霜繁好像对后面的那句话挺满意的，就连嘴角都不自觉地勾了起来，但还是故意板着脸，沉声问道："没告白还任由他们这样说？平时不是挺牙尖嘴利的吗，怎么，几天不见就把尖齿利牙都磨平了？"

这话听得关卿立马来气，明明自己已经被欺负了，作为朋友的他，不但不帮自己，居然还在一旁笑话自己！深呼吸一次之后，她瞪着何霜繁不满地说："你管我，从叙利亚一直管到现在，你烦不烦啊？"

关卿敢这么对何霜繁的另一个原因就是，之前是顾忌到大家都是同学一场，不好直接撕破脸，但是何霜繁不一样，又不是第一次争锋相对了，自然也就不介意，反正自己吵不赢何霜繁，也就是想发发脾气。

何霜繁淡漠地看了一眼关卿，冷冷地说："关小姐，我倒是想管，可你让我管吗？"

听见他这么一说，关卿整个人愣在了那里，不知道说什么好，不对啊，按照正常情节，何霜繁应该要淡定地说，作为朋友，不应该管你吗，或者，能让我管是你的荣幸之类的。

可这话怎么越听越觉得他像是在诉苦一样啊。

众人看见两人这样,多多少少也知道是什么,只见那个之前给关卿敬酒的那个男的,一脸尴尬地在那儿吃东西,看得顾安静只想笑。

当年的那件事情,顾安静也是知道的,甚至劝关卿说要不要找个帅哥气死他,但是关卿的一句"那种人不需要理会",立即让她打消了那个想法。

只是没想到这人居然在过去了这么多年之后,还有脸在这里说,也是极品。

何霜繁看了一眼关卿,果然是自己瞎操心了,一开始就不应该进来的。他瞥了一眼大家,淡淡地说道:"我还有事,先走了。"

见何霜繁要走,关卿下意识地站起来,着急地问道:"何霜繁,你要去哪儿?"

何霜繁回头漫不经心地回答道:"既然不让我管,那你问我去哪儿干什么?"

连玩笑都不能开,怎么会有这么小气的男的,真是一点都不爷们。关卿看着何霜繁,不悦地想着。

一旁的顾安静看到这里,赶紧给关卿使眼色,让她快追上去。

关卿愣了一下之后,立即以迅雷不及掩耳之势拎起自己的包追了出去。

关卿一走,大家就立即围上顾安静,八卦地问,刚刚那个男的和关卿是什么关系,不会是请来的托儿吧。

顾安静看了看坐在自己对面的那个男的,故意大声说道:"是不是托儿我就不知道了,反正听说是见过家长的。"

Chapter.11

何霜繁，难道没有人说过你真的很小气吗?

刚才不过是借着何霜繁的由头从那里出来，但是，看着走在前面的他，关卿还是追了上去。虽然不知道他哪里来的这么大火气，但好像是因为自己，不过现在的情况看来，关卿却又不敢开口，只能默默地跟在他身后。

犹豫了好久刚想开口的时候，何霜繁忽然停住脚步，没有注意到的关卿猛地直接撞了上去，只觉得鼻子一酸，眼泪霎时流了出来，整个人委屈得不像样子。

"哎呀！你……"

她还没有说完，就听见何霜繁的声音沉沉地传过来："你出来干什么，我并不喜欢你管我。"

关卿揉着鼻子蹲到他前面,不屑地说:"上次因为我和阿泰尔讲几句话,就这样狠狠地将我丢到地上,现在居然又重伤我的鼻子,何霜繁,难道没有人说过你真的很小气吗?"

看着关卿揉着鼻子的样子,何霜繁本来的那点火气顿时消了,淡淡地问道:"走一走?"

本来刚刚在里面她就快要控制不住了,压抑得要死,后悔当初就不该听顾安静的怂恿来参加什么同学聚会,明知道自己每次拿第一,就已经遭到了很多人的敌对,明知道自己现在还没有男朋友是全班最大的话题,偏偏说什么一个人也可以惊艳全场,现在倒好,偷鸡不成蚀把米,还不知道他们现在在怎么说自己呢。

关卿看了眼何霜繁之后,昂首阔步地朝前面走着,发现何霜繁并没有跟上,转头不满地催道:"不是说走走吗?愣在那里干什么?"

已经下山的太阳,只有些许的余晖照在街上,将两个人的影子拉得很长很长,并排走着看上去几乎是重叠在一起的。

忽然,关卿转头对一旁一直不说话的人说道:"你知道我为什么没有出面反驳吗?"

闻言,何霜繁只是看了她一眼,并没有说话。

关卿倒也不介意,自言自语:"因为认真就输了,反正又不是真的，何必让这种事情费心呢。"

"想法倒是不错。"何霜繁淡淡地说道，但这已经给了关卿很大的激励了。

只见她得意地笑了笑，说道："不但是考试每次都拿第一，还长得这么漂亮，总得给他们留点希望嘛。"

何霜繁大跨一步挡在关卿面前，盯着她看了半天。原来还是个厚脸皮，夸起自己来居然脸都不红一下。

盯着何霜繁这么反常的举动，关卿还以为自己脸上有什么东西，连忙伸手去摸，发现什么都没有之后，不解地问道："你觉得我不漂亮吗？"

何霜繁似笑非笑地转身，朝前面走去，不由得感叹，脸皮还真不是一般的厚啊。

见何霜繁居然没有回答自己，关卿赶紧追上前去，不死心地问道："你真的觉得我不漂亮吗？"

何霜繁看着旁边还是不死心的她，忍不住轻笑一声，这样的表现更加激起了关卿的胜负欲，立马觉得一定要将这件事情死磕到底。

两人嘻嘻哈哈地走在 B 市的林荫小道上，就这个问题一直聊到了 B 大。

其实两人并不是故意朝这里走的，只是两个人恰好一边说一边走就到了。看见何霜繁忽然停下的脚步,关卿不解地朝前面看去,这才意识到两人居然走到这来了。

何霜繁看了看一旁的关卿,询问:"要不要进去转一转?"

好歹这里也是自己的母校,既然都到了,进去走走好像也并没有什么不好的。关卿犹豫了一下,要求道:"那你要先承认我漂亮。"

何霜繁立马被逗笑,原来这么在意,自己并没有说过不漂亮啊,于是闷哼一声,算是答应。

走在环校路上,昏黄的路灯透过树叶间的缝隙洒下来,落在水泥路上,倒是别有一番意境。在这种时候,哪怕是什么都不说,就这么走着其实也是一件挺浪漫的事情,重点是身边的人好像还不错。

这样想着,何霜繁只觉得心跳好像又更快了几分,就像陆怀提到的见到美女时一样的心跳,这就是心动的感觉吗?好像还不错,他下意识地看向关卿,浅笑不语。

在经过教学楼的时候,从楼上下来的新闻系于教授看见了关卿,走过来问道:"关卿?当年不是说走了就再也不想回来的吗?因为不想见到我。"

关卿看着眼前这个刚好教过自己,而且因为观点不同,经常发现分歧的老师,也是这个老师给了关卿读书史上的最低分59分,气得关卿恨不得将试卷砸到他脸上的唯一一个老师。她心想:一百年没来过学校,一来就碰到他,这难道也是缘分?

关卿笑得一脸牵强,问候道:"于教授,我都抽着您下班的时间来了,还能见到您,真是躲都躲不过。"

作为班上的尖子生,要不就是一句话说到老师心坎上,要不就是处处喜欢和老师作对,而关卿恰好两点都占有,在半年的新闻评论课中,唯一让老师又爱又恨的学生。

"于教授你好!"关卿一说完,何霜繁也礼貌地开口打招呼。

关卿倒不意外何霜繁会这么有礼貌,毕竟认识何霜繁这么久,知道他在长辈面前有礼貌还是不难的,虽然平时总是一副趾高气扬的样子,可是,这个良好的态度用在现在好像有些不对时候吧。

晚上,和一个男人在母校的环校路上行走,怎么看都是不正常的啊。关卿不理解地望着何霜繁,这时候不应该是尽量不说话,降低自己的存在感吗,他这是要干什么?

闻言,于教授这才发现了何霜繁的存在,惊讶道:"咦!何大才子?听说你现在是在做翻译官吧,好几次都在电视上看到你呢。"末了,视线在两人之间徘徊了一会儿后,问道,"你们这是在处对象?"

何霜繁看着一个劲在那儿摇头的关卿，笑着反问道："于教授看着像吗？"

于教授眼神意味深长地看了一眼关卿，郑重其事地对何霜繁说道："总之，别委屈了自己。"

何霜繁看了看关卿，憋着笑没有说话，倒是于教授，教育了几句关卿之后，心满意足地离开了。

两人礼貌地和于教授告别，望着他的背影，关卿气急败坏地一跺脚，小声地嘀咕道："我到底哪里差了，和我在一起会委屈？"

看着关卿的动作，何霜繁轻描淡写地说了句："于教授只是善意提醒，你不用在意。"

关卿迅速转头，诧异地看着何霜繁，他这是在说于教授说的是对的，这时候不是应该安慰她几句吗？哪怕是背着良心，关卿瞪着何霜繁，威胁道："你再说试试。"

看着何霜繁勉强地点头答应，关卿总算心满意足。

关卿忽然想到，好像哪里不对，刚刚于教授叫他何大才子，也就是说认识？关卿不解地问道："你认识于教授，你怎么会认识于教授？还有，你很厉害吗？"

何霜繁想了一下，慢条斯理地解释道："好像是读书的时候帮他翻译过几本外语文献。"

听他这么一说,关卿才想起来了他就是于教授经常挂在嘴边的外语系的天才,原来真的很厉害啊。虽然内心佩服,但是表面上,关卿还是装作漫不经心地说:"哦,原来是贿赂过他,我就说他怎么会记得你。"

何霜繁倒是不介意关卿这么说,反正这个女人身上一身的毛病,不在乎再多口是心非一个。

从学校出来,倒是不难拦到出租车,可就在两人刚准备上车的时候,何霜繁的电话就响了起来,一看竟然是陆怀,不免让他觉得奇怪,难道是喝醉了要自己过去接?

疑惑了一下,何霜繁接起电话,只听见陆怀怒气冲冲地说:"现在给你一个表现爱我的机会,赶紧来警察局接我,不然以后你可能就是来探监了。"

还不等何霜繁回答,那边就挂了电话。何霜繁回来的时候,关卿也在接电话,连着说了好几声好之后,才算结束,转头看向何霜繁。

"我要去一探警察局。"

"我要去一趟警察局。"

两人同时愣住,显然是没有想到对方竟然会知道自己想说什么。

"去接朋友。"

"去接朋友。"

又是一样!

关卿怔在那里,何霜繁什么时候学会读心术的,怎么会一猜一个准。

至于何霜繁只是说了句,那就走吧,就打开车门拉着关卿一起坐了进去。

到了警察局,看着分别坐在警察对面的陆怀,和横躺在一旁的顾安静,何霜繁不由得皱起眉头。

只见关卿飞快地冲到顾安静旁边,拍了拍一脸醉意的她,埋怨道:"不是说酒量很好吗?居然喝成这样,我还以为你撞死人,畏罪潜逃被抓进警察局了呢。"

"她是没有撞死人,只是害人不浅。"陆怀在一旁淡淡地说道。

关卿闻声转头看见坐在椅子上,只穿了一件西装外套的陆怀,以及他旁边的何霜繁,一脸不解。

原来,关卿和何霜繁离开之后,班上的人就开始说要拼酒,这下顾安静就来劲了。像她这种从小就泡在酒缸里的人,见到酒比见到亲妈还要亲切,捋起袖子,哪还有半分女孩子的样子,直接开始一个个地轮着拼酒。

喝到最后,就连班上那几个东北来的大汉都被顾安静放倒后,她才醉醺醺地狠狠鄙视了他们几下,踩着脚上的高跟鞋,得意地离开了包厢。

哪知道她摇摇晃晃地走出饭店之后,正好看见一个人抱着一只小猫像是在做什么,当时她眼睛一花,加上前几天看的一些虐待小动物的新闻,立即断定眼前这个人就是一个虐猫狂,于是拿起手机二话没说就给警察打了个电话。

打完电话后的她,走着让人胆战心惊的步子,站在那人面前,神经病一样做了个手枪的姿势,抵住那人的头,义正词严地说:"你可以保持沉默,但你说的每句话都将成为呈堂证供。"

本来只是因为看见路边躺着一只猫,职业病发作打算去检查一下伤势的陆怀,听到这句话的第一个反应就是,这个女人吸引他的方式足够特别。

刚想站起来看看到底是谁的陆怀,一句话还没有说完就听见远处传来的警笛声。这时候,就听见身边的女人说道:"看不出来 B 市的警察办事效率还是挺高的嘛。"

当陆怀愣在那里一脸蒙蒙的时候,警察告诉他,有人举报他虐待动物。他看了看旁边的女人,只觉得内心像是被一万头羊驼践踏过。

到了警局后,陆怀不仅被面前喝得醉醺醺的女人吐了一身,还被强制扣留说要有人来担保才可以释放。想到自己一个充满爱心的宠物医生，居然被人举报虐待动物，陆怀只觉得内心又有一千只羊驼呼啸而过。

到最后不得不给何霜繁打电话。而这时候，顾安静也因为在警察局胡闹，害得警察只好打电话叫关卿来领人。

关卿看着醉得一塌糊涂的顾安静，又看了看生无可恋的陆怀，一脸愧疚，连忙说着对不起。

陆怀倒也不是什么刻薄之人，但是想到被人这样诬陷，重点是警察还不相信自己，只觉得委屈，自己不就是一次没有拿名片吗，不就是一次没有带身份证吗？立马就遇到了这样的事情。

于是，在何霜繁履行朋友的义务替他证明清白之后，他立马逮谁就说自己是宠物医生，充满爱心的宠物医生。

关卿眼见着他就要说到自己这里，立马给何霜繁使了一个眼色，两人眼神一对视，默契十足地拖着顾安静迅速离开了这里，留下在后面拼命呼喊的陆怀。

坐在车上的两人看了看睡得不省人事的顾安静，想到陆怀，纷纷狂笑了起来。关卿好不容易忍住笑意，问道："那是你朋友？"

何霜繁指了指顾安静："跟你们差不多。"

两人随后又笑了起来，坐在前面的司机还以为自己载了一车神经病,不由得打了一个寒噤,脚猛地往油门上一踩,只希望早点把他们载到目的地。

忽然,关卿看见路边的一堆人,不由得止住笑声,皱起眉头若有所思。一旁的何霜繁疑惑地朝那个方向看了看,发现并没有什么异常之后,问道:"怎么了?"

关卿摇了摇头,敷衍道:"没事,可能是看错了。"

何霜繁只觉得关卿的举动有些奇怪,疑惑地盯着她看了半天,见她并不想说,也就没有问。

Chapter.12 ——

这就是你说的加班？我还不知道，原来关小姐管这个也叫加班呢。

之后的一段时间里，两人并没有刻意联系，所以当两人同时在一家公司出现的时候，都显得有些惊讶。

看着眼前这个跟在别人后面的关卿，虽然在这里负责的是国外事物的翻译工作，但是凭他出色的记忆，还是能够记住对方是谁的。只是疑惑，关卿怎么会跟过来，他并不记得公司最近有什么需要报道的。

关卿看见何霜繁的时候，整个人只觉得捏了一把汗，照着以前的规律来看，只要遇见何霜繁就不会有好事发生，难怪今天出门的时候会感到不安。

眼见着何霜繁就要上来和自己打招呼了，想到自己托人伪造的那份假简历。关卿顿时心虚，连忙把头埋得很低，快步跟上走在前面的领导，路过何霜繁的时候，还特意将头转向另一边，心里默念着看不见我。

何霜繁自然看出了关卿好像并不想和自己有交流，换句话说，好像是刻意地装作两人不认识，心想疑惑，难道我最近做了什么让她感到反感，但又觉得不可能，自从上次从警察局离开之后，紧接着就去国外出差了，完全不可能有这个机会啊。

越想越觉得奇怪的何霜繁望着关卿的背影，难道是因为自己这段时间没有理她？虽然一身毛病，但好像并不小气啊。

直到因为转角再也看不见之后，关卿才长舒了一口气。

下午一下班，关卿立马坐车去了顾安静家，一进去就瘫在她家的沙发上，万念俱灰地唉声叹气，而且欲言又止。

在看见她至少转了十几次头看向自己，又转了回去之后，顾安静烦躁地将手中的薯片往桌上一丢，问道："有事就快说，被报社开除了，还是又有相亲了？"

关卿哀怨地看着顾安静，垂头丧气地说："我今天遇见了何霜繁，差点让我潜伏失败。"说完之后，一把拿起桌上的薯片，使劲抓了几把将嘴塞得满满之后，含含糊糊地说，"我一直到现在都还心有余悸。"

顾安静一脸淡定地抢回自己的薯片，不满地问道："你去之前就不知道他在那里做翻译吗？"

关卿认真地点了点头，幽怨地说："不知道，所以在碰见的时候才尴尬，好像因为我不理他脸色也变得非常难看，我总觉得他好像会把我撕了一样。"

听她说完，顾安静赶紧换了个姿势，跪在关卿面前，语重心长地说道："卿卿啊，姐姐告诉你，先不说你们现在正在暧昧期，而你可能会是何霜繁的第一个女朋友，当然还有可能，何霜繁已经在心里默认了，但是这都不重要，重点是，你交朋友的时候，就不应该把对方的家底都调查一下的吗？"

关卿无语地看着她，百无聊赖地反驳道："你认识我的时候调查过？"

"当时忘记了。"顾安静出言反驳道，"不过现在这些已经都不重要，不重要知道吗，问题是出在你身上……"

就当顾安静还想要说什么的时候，关卿的手机适时响了起来。关卿得意地朝着顾安静笑了笑，拿起手机一看来电显示，吓得手一抖直接将手机掉到了地上，挂断了。

顾安静显然没明白关卿为什么会有这样的举动，诧异地问道："怎么回事？"

关卿为难地看了一眼顾安静，指了指地上的手机："何霜繁。"话一说完，电话就再次响了起来。

关卿伸了伸手，但是在看见上面的显示之后，悻悻地将手收回来,焦急地在沙发上转着圈,嘴里念叨着完了完了。

顾安静还是很少看见关卿这个样子,看了看地上锲而不舍响着的手机,看了一眼关卿。当着关卿的面,她一把将手机捡起来,在何霜繁还没有挂断之前接通,点开扩音,动作利落到关卿都差点想给她鼓掌。

眼见着事情已成定局,关卿只好硬着头皮问道:"你有什么事吗?"

"来一下咖啡馆。"

何霜繁说得尤其平静,让关卿完全感受不到对方现在处于什么状态,只能看向顾安静,眼神中充满着渴望,哪知道顾安静竟然拿着薯片,一边吃一边朝着房间走去。

绝望的关卿只好深呼吸一口,一咬牙说道:"好,马上来。"

当关卿出现在咖啡馆的时候,何霜繁早就已经坐在那里了,平静地看着关卿坐下之后,直截了当地问道:"怎么回事,你怎么会和YU企业的采购经理在一起?"

这样没有问自己下午有没有去那个公司,反倒是直接问为什么过去,也就是说下午没有认错人。

只是这样不免让关卿下意识地觉得后背一凉。仔细注意着何霜繁的脸色,又看了看周围的环境,然后附身凑到桌前小声说道:"因为工作原因,我现在暂时扮演YU企业采购部的员工。"

"你在做暗访?"何霜繁皱着眉头问道。

关卿点了点头,没有否认,虽然这样的事情并没有什么好说的,但既然他已经知道了,那就没有必要隐瞒。

"这可是一件相当神秘的事情,你可千万不要说出来啊。"

"嗯。"何霜繁倒是没有介意,毕竟情有可原。

作为一名记者,重点还是一个工作能力强的记者,对于新闻的敏感度也是相当厉害的。

所以在那天晚上从警察局出来后,看见YU企业的业务经理和环保局的官员一起进入饭店的时候,就觉得有些不对劲。

随后跟进调查发现这件事情好像隐藏着很大的秘密,但是手上没有证据,于是不得不潜伏到YU,只是没有想到会在工作的时候遇见何霜繁。

何霜繁知道关卿的原因之后,倒是没有多说什么,只是告诉她无论什么时候都需要告诉他在哪里,以现在的情况来看,还不能够确定YU企业到底在向大家隐瞒着什么,但是既然是想要隐瞒的就一定是不想让别人知道的事情,那就是秘密。

而作为一个企业,当它的秘密会被发现的时候,那么牵扯其中的很多人都会极力掩盖,这样他们会将事情的缘由全部都怪在关卿身上,很显然他们两个都懂这个道理。

关卿想到今天下午看见何霜繁的事,之前一直没有问何霜繁的一些情况，除了知道他是翻译，于是忍不住问道："你又怎么会在那里？"

何霜繁轻描淡写地回答："我一直是你去的那家公司的翻译。"

一听何霜繁说完，关卿就下意识地咽了下口水，要知道那家公司在国际上都是有一定地位的，据说就连保洁阿姨的工资都是全市最高的，而她身边这位居然一直在里面当翻译。

关卿为了不让自己显得那么庸俗，下意识地拿起桌上的那杯咖啡，喝了一大口，好压住自己内心的震惊。

何霜繁想了一下之后，忍不住问道："那你怎么会来我们那边？"

"跟着领导去办事情，重新回到底层的感觉真不爽。"关卿撇了撇嘴，不满地抱怨道。

何霜繁在喝了一口咖啡之后，淡淡地问道："查到哪一步了？"

说到这里关卿就泄气，明明一切都告诉她会有一个大事件，说不定她今年就靠这个新闻轰动一时了，但是居然查不到任何东西，从表面看上去没有一点问题，害得关卿都开始怀疑自己的直觉是不是出现了偏差。

只见她瘫软在座位上，目光暗淡地看着何霜繁，有气无力地说："除了我进了YU，别的没有任何进展。"

何霜繁看着她这副模样,笑着点头安慰道:"那你好好查,作为你今天无视我的后果,记得汇报一下进度。"

"为什么?"

"我要知道你在干什么。"何霜繁说得理所当然。

关卿只好敷衍地点了点头,算是答应,招呼服务员又要了一些吃的猛吃了一顿才算完事,一边吃一边念叨:"怎么感觉当个记者跟当个特务一样,还要玩潜伏。"

虽然何霜繁让关卿记得汇报进度,但是实际上两人都在忙着工作的事情,也根本没有什么空闲的时候聊天,除了偶尔晚上下班的时候遇见了去喝两杯奶茶。

所以,当关卿的妈妈再次提出让何霜繁来家里吃饭的时候,关卿犹犹豫豫了半天,才半推半就地被关妈妈逼着和何霜繁打了一个电话。

"喂,何霜繁吗?"

"嗯。"何霜繁看了看显示的备注,心想:关卿什么时候这么主动了,平时可从来不会给自己打电话的啊。

"那个……你有空……"关卿红着脸,将这几个字起码说了有半分钟,最终想起关妈妈的那张脸,只好一咬牙,道,"你有空就来我家吃饭吧。"

"什么?"何霜繁显然没有想到关卿会邀请自己吃饭。

听到何霜繁竟然没有一下就同意，关卿顿时觉得整个面子都没了，缓缓地解释道："我妈说上次你先走了，所以，这次……"

何霜繁看了看自己桌上刚刚送过来的一大堆文件："那个……"

"没空那就算了吧。"一听何霜繁犹豫，关卿立马找了个台阶，挂掉了电话，先不说自己和何霜繁目前只是朋友关系，就算是特殊一点，也不能这么不矜持啊。

何霜繁无奈地看着手机，想到她竟然没等自己的话说完就挂了电话，顿时联想到她现在恐怕已经红透的脸，勾起嘴角写了条短信：时间，地点，我来接你。

听见手机有一条消息提示，关卿条件反射性地点开，结果一看竟然是何霜繁的，立马愣住了，他竟然同意了？

无奈之下关卿只好回过去，告诉他明天下班的时候，直接过去。

只是，本来两人约定的是下班后何霜繁过来接关卿一起过去的，但是没有想到，就在快到五点钟的时候，关卿忽然打电话来告诉何霜繁说临时加班。

本来已经准备好出发的何霜繁，在接到关卿的电话之后，半眯着眼睛想了半天，果断地开车去找关卿。

结果一到 YU 居然看见关卿居然和另外一名同事从里面走

出来，径直走到旁边的一家饭店。

何霜繁坐在车里，半眯着眼睛看着关卿和那个男的有说有笑，手紧握着方向盘。

不知道是不是何霜繁车子停放的位置太好，本来已经进了饭店的两人，竟然选了一个靠窗的位置，从何霜繁这里望向二楼刚好可以看见两个人在那有说有笑。

其实，事实是，刚好快要下班的时候，一个和关卿关系还比较好的同事约她出去吃晚饭，虽然她内心是抗拒的，但是，为了从他口中套出一点有用的东西，她一咬牙，只得点头答应，而不得不将何霜繁那边的推迟。

坐在车里看着关卿在那儿说说笑笑，本来何霜繁还是可以容忍一下的，但是在看见了那个男的竟然在关卿不注意的时候，碰了关卿的头，想到关卿头发柔软的触感……

何霜繁不管不顾了，直接冲上二楼，站在关卿旁边，板着脸质问道："这就是你说的加班？我还不知道，原来关小姐叫这个也是加班呢。"

听到何霜繁叫她关小姐，关卿立马吓得缩了缩脖子，然后尴尬地朝那个男的笑了笑，一个劲地对何霜繁使眼色。

没想到何霜繁不仅没有注意关卿的眼色，就连那个男的他都没有正眼看过，直接拉着关卿就走。

这时，那个男的拉住关卿的另一只手，迎上何霜繁，问道：

"你是谁啊，关卿现在正在和我吃饭，你这样做是不是有些过分了？"

何霜繁盯着他拉着关卿的那只手，觉得异常碍眼，虽说现在他和关卿只是朋友关系，但是，这不代表他能够容忍关卿和别的男人一起吃饭，要知道，他何霜繁可是从来不喜欢和别人共用任何东西呢。

只见何霜繁不费吹灰之力地掰开了那个男的的手，拉着关卿就离开。

关卿无奈地想要回头跟那人说句抱歉，但是被何霜繁伸过来的一只手直接将整个头给扳了回去。

望着何霜繁已经阴沉的脸色，关卿试探性地问道："何霜繁，你怎么这么早就过来了？"

"是不是打扰你和男的吃饭了？"何霜繁看都没看关卿一眼，坐到车上之后，就直接一脚踩在油门上，吓得关卿赶紧系好安全带。

一路上，关卿都在跟何霜繁解释，说自己是为了工作，为了中国共产主义和谐社会的建设，为了伟大的新闻事业在牺牲自己。关卿就差没有跪在何霜繁面前举着一根荆条了。但是这过程中，何霜繁除了从她这里要了一个地址之后，甚至连眼神都没朝她这边瞥上一眼。

关妈妈显然没有注意到女儿和何霜繁之间的暗流涌动，看见何霜繁一来，立即女婿女婿地叫着，比叫关卿都要亲切，让关卿深深地感受到了来自全世界的恶意。就连平时从来都不问大家喜欢吃什么的关妈妈，今天也问了何霜繁有没有什么不吃的。

没想到，何霜繁只是做了一个要求，不要放蒜。

看着坐在沙发上悠闲的何霜繁，而自己却被母亲指示着做着那么多事情的关卿，不情不愿地将洗好的水果往何霜繁面前一丢，不耐烦地说道："既然那么生气，那你怎么不直接给我甩脸色说不来呢？"

何霜繁微微抬眸看了看关卿，终于淡淡地开口道："关小姐，我受的是你母亲的邀请，和你没有关系。"

关卿愤愤地抢过何霜繁刚打算拿的一颗提子，塞进嘴里不屑地说："何霜繁，你不会是在吃醋吧？"

"关卿，我不知道你什么时候脸皮这么厚了。"

一听何霜繁叫自己关卿了，她立马知道何霜繁已经解气了，立马趾高气扬地坐在沙发上开始指使何霜繁帮自己削水果皮。

饭桌上的时候，关卿诧异地看着何霜繁在吃自己母亲炒的菜的时候，吃得一脸享受，惊讶得连下巴都快掉到桌上了。

一旁的关爸爸看了看关卿，又看了看何霜繁，然后点评道：

"没想到居然还有人可以将饭吃得这么诱人的。"

何霜繁只能微笑着点头,一顿饭下来,关卿看着何霜繁吃得既是优雅又是享受。吃得差不多的时候,他停下碗筷,相比于关卿嫌弃地戳着菜的样子,何霜繁简直太配合关妈妈了。

他离开的时候,关妈妈还热情地邀请他下次再来,毕竟还是第一次看见有人这么喜欢吃自己的菜呢。

送何霜繁上车的时候,关卿终于忍不住问道:"你觉得那个菜好吃吗?"

对于味觉一点都不敏感的何霜繁来说,这个问题瞬间难住了他,只见他尴尬地轻咳了一声,反问道:"你觉得不好吃吗?"

见何霜繁这么问,她总不能说自己妈妈做菜难吃吧,只能打着哈哈说道:"将就将就。"

Chapter.13 ——
何霜繁,我们虽然是朋友,
但是你也不可以……

因为和那个同事晚餐被何霜繁无情地打断,第二天去上班的关卿,发现本来每天都是笑着和自己打招呼的同事,今天竟然装作没有看到自己。

想到那么一个良好的可以打探情报的机会被何霜繁破坏,关卿只觉得头疼。

重点是,从此以后,那个男的看见关卿就直接冷哼一声,扬起下巴,恨不得将关卿亲手撕了。

觉得以后恐怕再难找到突破口的关卿,决定踏上征程去茶水间探探情况。

就在关卿坚持了一个星期之后,果然,功夫不负有心人,一次，还没等她走近，就听见那边好像有人在说话，关卿赶紧蹑手蹑脚地凑到一旁，将手机录音打开。

"你在公关部情况怎么样？"和自己一起进来的？关卿疑惑地皱着眉头，由于来的时候接受过一些培训，其中最重要的就是不能够议论公司的任何事情，这也是为什么关卿进来了这么久却没有找到任何线索的原因。

"天天喝酒吃饭，我都觉得自己好像胖了一圈了。"

"老板可是很重视你们部门呢，你们可是我们公司最重要的部门。"那人顿了顿，又接着说，"老板不也很关照你们吗？花在你们身上的钱可不少呢。"

关卿觉得差不多了，轻咳了一声，然后昂首阔步地走过去，接了一杯水，走过他们的时候，特意留意了一下他们俩，一个是公关部的，另一个是行政处的助理。

回到座位之后，关卿一想到他们的对话就觉得奇怪，要说公关忙也说得过去，但是 YU 的公关好像比任何一个企业都要忙碌，而且忙的还是喝酒吃饭。

公关部……

梳理得到的一些情报之后，关卿觉得在 YU 公关部确实才是最受重视的。

下班后，关卿给何霜繁打了个电话，大致意思就是让他去一下咖啡馆。何霜繁二话没说就同意了，哪怕其实他桌上现在还摆着很大一沓资料需要翻译。

关卿早早地到了咖啡馆，一见何霜繁进来赶紧将桌上的咖啡推到他面前："不好意思，这么晚找你出来。"

"你要是不来找我，我倒是开始怀疑自己的存在价值了。"何霜繁拿起桌上的那杯咖啡，喝了一大口之后，问道，"不过，你想找我干什么？"

关卿忽然凑到何霜繁面前，神神秘秘地说："偷东西，去不去？"

"不去。"何霜繁果断地拒绝，"我可从小就是三好学生，思想品德考满分的，就算我答应过帮你，但是我没说要做这种违法的事情。"

听到何霜繁的回答，关卿的下巴都快要掉在地上了，他竟然和自己解释这些。按照何霜繁的正常情况，不应该是问偷什么，才比较符合他一贯的作风吗？

何霜繁好像很满足看到关卿这副样子，似笑非笑地看着关卿，问道："你想要我去'偷'什么？"

关卿知道自己被何霜繁耍了之后，才不悦地撇了撇嘴，不情不愿地回答："我仔细分析了一下这件事情，按照常理来说，一家药剂制造企业，一般来说，花在哪个方面的资金最多？"

"原材料。"何霜繁想都没想，果断地回答。

关卿摇了摇头,"不,YU可不是花在这上面,而是,公关。"

"所以……"

关卿笑了笑,得意地说:"我想要什么,我想你应该知道了吧。"

何霜繁抬起手表看了看时间,问道:"什么时候?"

一说时间,本来关卿还想说和何霜繁商量一下的,但是想到他刚刚这样要自己,忽然玩心大起,笑了笑,挑衅地问道:"要不就今晚?"

何霜繁将杯中的咖啡一次性喝完,在关卿诧异的眼神中,起身对她说:"走吧。"

这么简单就答应了?看着何霜繁的举动,关卿真想狠狠地扇自己一个耳光,早知道就不要在这种时候开玩笑了,重点是,他怎么什么都不问就答应了呢,真是太草率了。

就这样,两人什么都没有准备,关卿就被何霜繁拖着又回到了YU,整个过程中,她看何霜繁的眼神都是幽怨的。

到了目的地之后,何霜繁灿烂一笑,问道:"怎么,觉得委屈?不是你叫我来的吗?"

关卿终于忍无可忍,咬牙切齿地说道:"我就是随口说说,你难道看不出来我眼神中闪过的一丝调皮吗?"

"抱歉,我有点近视。"何霜繁一脸无辜地解释。

关卿可从来没有听说过他是近视，何况两人还在叙利亚"同居"了那么久，也从来没见何霜繁戴眼镜。

"别想骗我了，你从来就不戴眼镜。"

何霜繁笑了笑，淡定地说："50度，医生建议不需要戴。"说完，何霜繁就得意地下了车。

看着他那副样子，关卿烦躁地揉了揉头发，不由得感叹：他什么时候变成这样了，刚见面的时候，明明就没有这么幼稚啊。

关卿蹑手蹑脚地走在前面，这还是她第一次做这样的事情，之前就算是暗访也只是伪装成消费者，或者是咨询什么，怎么今天好像要攀岩走壁，运用十八般武艺了呢。

和关卿不同的是跟在她身后的何霜繁，只见他风度翩翩，优雅得体地站在她身后。关卿进来这么久，一直攀岩走壁似的，但是何霜繁却悠闲得像是在散步一样，让人看着就不爽。

关卿烦躁地回头问道："你怎么一点敬业精神都没有？"

只听见何霜繁笑了笑，漫不经心地回答："刚刚去警卫室关监控的时候，不知道谁在说我怎么这么厉害的呢。"

回忆起刚才，本来关卿是打算就这么进去的，但是硬生生地被何霜繁扯着衣领给拉了回来，朝着一楼的警卫室走去。

看到何霜繁把自己带到警卫室，关卿不耐烦地问："来这里干什么,这里又没有我想要的东西。"

何霜繁敲了一下关卿的脑门,不耐烦地解释道:"关监控,我还不想顶上小偷这样一项职业。"

望着何霜繁的背影,不知为何,竟然会觉得他异常高大。关卿摇了摇头,赶走了这种奇怪的情绪,谨慎地跟上何霜繁。

出来的时候,关卿忍不住夸了他一句,没想到他竟然用到现在来羞辱自己。

瞧着关卿恨不得在地上爬着走了,何霜繁好心地提醒道:"起来吧,连监控都关了,难道还有人会看见,昂首挺胸地走,又不会有人发现。"

关卿愤愤地转过头瞪了何霜繁一眼,然后挣扎着想要起来,结果里面刚好走出一个人,吓得关卿立刻慌乱。这时候,只见何霜繁直接将她摁在怀里,拖到旁边的安全通道里。

吓得半死的关卿,在那人进了电梯之后,赶紧拍着胸脯,长舒一口气。在她还没有缓过来之际,何霜繁已经迈开步子直接往里面走去,关卿下意识地观察了一下四周,快步跟上去。

环视了一下周围的环境,关卿犹豫了一下,问道:"你觉得我们应该先从哪里查起?"

何霜繁看了一下四周的环境,淡定地回答道:"按照事先说好的来。"

还不等关卿说什么,何霜繁就已经迈开步子朝前面走去了。关卿只好跟上去,不解地问道:"你怎么知道公关部是那边啊?"

何霜繁看了一眼身边的人,说:"刚才关监控的时候,顺便看了一眼。"

望着何霜繁的身影,关卿只觉得今天自己完全没有来的必要了,怎么什么事情都让他一个人做了,明明自己才应该是个领导者的啊。

为了节省时间,进去后,两人就开始分开行动,关卿去自己部门找相关的东西,至于何霜繁则是去财务部和公关部。

等关卿回来的时候,何霜繁刚好在利用财务部那边的电脑进入了公司的财务系统,关卿在后面看到何霜繁手中的动作之后,不禁感叹道:"想不到你居然还会这种东西啊。"

何霜繁盯着前面的数据看了半天之后,疑惑地问道:"你们采购部每年的开销是多少?"

"我们那边好像大概也就三四百万的样子。"关卿回想了一下刚才在那边了解到的情况,回答道。

何霜繁听见这个答案之后微微皱了皱眉,不对,为什么最近公关部的钱都快要赶上他们了,而且……他继续问道:"YU近年来在生产哪一种药剂?"

还没回答,关卿就看见门口有一个人走进来,吓得她直接拖着何霜繁就躲进了后排的电脑桌下面,只听见那人嘀咕了一声"怎么连电脑都忘记关"。

关卿吓得连大气都不敢喘一下,透过桌子之间的缝隙看见那人走到电脑前。关卿微微转过头,直直地瞪着何霜繁,眼神里像是在说:你不是说没有人会发现吗?

意外。何霜繁微微张嘴,眼神闪躲地解释。

意外!意外?前面进来的时候,不是装得挺厉害的吗,要不是自己擦亮眼睛,这下被发现了,恐怕就百口莫辩了。关卿鄙视着何霜繁,忽然发现两人居然挨得这么近,条件反射地想往后退开,结果被何霜繁眼疾手快地摁在怀里。

那人听见动静,疑惑地回头,问道:"有人吗?"

关卿知道自己闯祸了,歉疚地看了眼何霜繁,将头埋得很低,大气都不敢喘一下,闭着眼睛在心里默念着千万不要看过来。

那人疑惑地又问了一遍,发现并没有人之后,嘀咕了一声之后,转身离开。

听见那人离开的脚步声,关卿才睁开眼睛,发现何霜繁正在通过桌子间的缝隙看着那个人,看见他离开后,才微微松了口气,转过头看向关卿。

关卿怒视着何霜繁,见何霜繁一直看着自己,才下意识地咽了咽口水,愣在那里一下不知道要干什么。

何霜繁还是第一次这样看她,让关卿有些不知所措。

两人靠得那么近，近到连心跳的声音都可以听见，不知为何，关卿会觉得紧张，甚至连心跳都快了几分，重点是何霜繁居然还朝自己凑过来。

什么情况？关卿下意识地往后退，结果却被何霜繁拉住，关卿只好看着何霜繁，眼睁睁地等着何霜繁凑过来，有些手足无措。

四周似乎都洋溢着燥热的因子，让关卿都有些喘不过气来，重点是，何霜繁好像没有停下来的意思，吓得关卿只好一把推开他，坐到地上做着深呼吸。

"何霜繁，我们虽然是朋友，但是你也不可以……"关卿一缓过来就红着脸瞪着何霜繁，但是说出口的语气倒是没有一点怒气，反倒是有些……害羞？

"不可以怎么样，你难道你以为我会怎么样对你吗？"何霜繁冷着脸打断，伸手整理关卿头上刚才被她自己弄乱的发丝。

看着关卿因为自己的话尴尬地红着脸起身离开，不禁觉得好笑，要不是你刚才推开，恐怕连我都不知道后面会发生什么呢。

两人从那里出来坐在车上的时候，气氛显得一场尴尬，好几次关卿都想开口，但是不知道怎么说，只能作罢。

最后还是何霜繁先开的口："重复之前的问题，YU 最近在生产的是哪种药品。"

关卿诧异地看向何霜繁，确定他在问自己之后，才想了一下，迅速回答道："好像是一种抑制杂草生长的激素，好像是因为提取困难，所以需要你们公司购买的试剂来提取。"

"向我们公司购买的试剂是什么？"何霜繁不确定地接着问道。

关卿将自己刚才去采购部拍的那些东西拿给何霜繁看。

何霜繁看了之后，一个不怎么好的答案从他脑子里蹦出来。

根据关卿给的资料上看，那些试剂以及原材料，用他所有看过的知识来解释的话，却是能够提炼出关卿说的那种材料，但是还有另一个难题就是会产生大量的放射性元素，处理不好就会泄露，如果从业人员长时间待在那种环境中会产生很大的身体危害，这也就能够解释为什么近半年的时间里来，YU一直在大量地换工厂的员工了。

何霜繁将自己知道的说出来，关卿听到后，也就理解了为什么他们会把大量的钱花在公关上，这也是为什么这么严重的事情，政府一直不知道。

"看来我好像卷进了一个不怎么好的圈子里面了。"在最后关卿看着何霜繁无奈地感叹。

何霜繁挑了挑眉，漫不经心地说："难道我不是？"

说完，两人对视着相视一笑，驱车离开。

虽然现在差不多已经将事情弄清楚了,但是以现在的情况来看,没有一个合理的切入点还是不能够将这件事情完整地挖出来,所以关卿只能等,等着什么时候机会一来就可以迅速地反应。

而这段时间,关卿特意在工作上出错,导致上头的领导因为愤怒直接将她从YU开除。离开的时候,关卿故意装作好像很惋惜的样子。

一从YU离开,关卿就打电话将顾安静叫了出来,意思是自己现在已经被开除了,所以急需安慰。

顾安静怒斥着关卿,心疼了一下自己的钱包之后,还是半推半就地付了款。

随后的一段时间,根据何霜繁之前给的一些提示,关卿开始去查了一下那些被YU开除的那些员工。

就在关卿为那个导火索而开始苦恼的时候,关卿从那些人口中得知,另一个工厂里死人了,这时候,警察那边的线人也打电话通知了一下关卿。

一了解,才知道那个工厂恰好和YU的制药厂在同一个工业园区,更重要的是,YU的生产残留处理处紧挨着那个工厂,就连排污通道都是同一个。

出了那样的事情，工厂好像也有些惶恐，给员工安排了一场规模大，而且比较仔细的体检，检查结果，居然发现有大量的员工存在细胞中的血红素异常，有少部分竟然存在各种癌症，最终判断为放射性物质辐射过量。

那边的领导慌了，要知道他们简单的一个印刷厂，除了机器运作时产生的一些轻微的辐射之外，完全不存在辐射过量一说，哪里会有放射性物质。

可既然已经闹出了人命当然会有相关部门下来检查，结果一查，发现该地方好像真的存在一定的放射性物质。

关卿也开始趁机利用这个事情作为由头，写相应的文章报道出来，心里盘算着，什么时候事情一结束，就请何霜繁好好吃一顿。

Chapter.14——
陆怀就算是医生也是阿猫阿狗的，你去那儿能顶什么用？

可是，就在关卿以为相关部门应该查到YU企业的时候，关卿得到消息说是因为对方公司擅自使用廉价的印刷机，导致了严重的辐射。

主要是这件事情发生在对方公司，加上YU的公关做得那么好，自然会随便给一个理由就给绕过去了。

关卿坐在咖啡馆里，万念俱灰地面对着何霜繁，不满地说："你说我们都做了那么多了，明明已经知道了原因，也已经查到了相关的东西，但是因为只能报道事实，就只能够看着事情这样发展？"

何霜繁将她面前的那杯咖啡拿到自己面前，一口气喝掉之后，安慰道："回去好好睡一觉，谁知道后面会发生什么呢。"

关卿诧异的看着何霜繁喝下那一杯黑咖啡之后，愣了半天，才回过神来问道："你不觉得苦吗？"

何霜繁被问得一愣，淡淡地回答道："还好。"总不能说，自己只是渴了吧，反正都是白开水的味道，喝什么都一样。

听见何霜繁这么回答，关卿只能伸出大拇指点了个赞，她要不是因为太烦了绝对不会点黑咖啡还没有加糖，只是何霜繁的举动，着实让她惊叹，她还是第一次见到有人喝黑咖啡喝得那么爽快的。

第二天，关卿就接到消息说：好像是那个印刷厂的老板已经将 YU 告上法庭了。

得到消息的第一刻，关卿就给何霜繁打电话，问他是不是去说了什么。何霜繁只是说自己还有一大堆东西需要处理，没有空。

关卿鄙视了一下何霜繁，心想真是一个傲娇鬼，然后拿起相机直奔现场。

随着事情的深入，YU 的老板好像也预感到了好像是有人想要故意整垮自己一样，开始命人暗中调查关卿的报社。

一天晚上回去的时候，关卿总觉得好像有人在跟踪自己，怀着不安的心情,她紧握着手机,看着通讯里面的顾安静和何霜繁,不知为何,竟然鬼使神差地打给了何霜繁。

电话一接通,关卿旁敲侧击地问何霜繁在哪里,何霜繁立即察觉到了关卿今天的举动有些异常,连忙问关卿是不是出事情了。

可是关卿刚想说什么,就发现周围直接围上了一群人,为了不让他们知道自己在通电话,关卿下意识地将手机藏到了身后。

只见那些人不分青红皂白,直接上来就将关卿的手机抢了过去,发现正在通话之后,直接一用力,将手机摔在了地上。

关卿眼睁睁地看着自己的手机被摔在地上,心痛地呼喊了出来,心里盘算着要写多少条报道才能够买一部新手机。

何霜繁感觉关卿出了事,连忙将手上的工作放下,连外套都忘了穿,拿起车钥匙就朝外面冲去。

关卿下意识地咽了咽口水,心里盘算着对方的目的是劫财还是劫色。

那些人开始慢慢地逼近关卿,她只能一步步地往后面退,直到背撞上了墙。

看着他们没有打算停下的意思,关卿伸出手在周围乱舞着,尖叫着:"你们到底想要什么?劫财还是劫色你们说清楚,我好考虑考虑。"

只见那些人似乎并不动容，专业得像是特意花高价钱请来的打手，扫了一眼关卿的全身上下之后，二话没说直接一把抢过关卿手中的包。

关卿也不知道当时自己是从来哪里冒出来的傻气，居然硬是死拽着那个包不肯放手，事后她和何霜繁说的时候，都觉得有些后怕。

何霜繁担心关卿出事，开着车起码飙到了一百八十码地冲过来，一路上，在叙利亚听见爆炸声的那种感觉好像又回来了一样，紧张到胸口闷得喘不过气来，生怕关卿会出事，甚至连心里都开始祈祷。

这种感觉在看到关卿和那些人对峙的时候，像是爆出来一样，直接下车，不管不顾当时的情况，直接跑过去就是朝那个拉着关卿包的人的脸上就是一拳。

那人显然没有意识到这种时候会冒出来一个人，所以也没什么防备，结结实实地挨了何霜繁的一拳，捂着脸摔在地上。

这时候的关卿已经被何霜繁给挡在了身后，只能探头出来观察着周围的环境，手死死地抓着何霜繁。

几人显然没有意识到在这种时候会突然冒出一个人，对视了几眼之后，纷纷从包里掏出了短刀，一切都像是预先算计好的一样。

关卿一见他们掏出了刀，吓得立即小声问何霜繁："怎么办？"

何霜繁安慰性地朝关卿笑了笑，示意她不必慌张，虽然现在他也不知道会有多少胜算，但是至少不会让她受伤的。

只见其中一个人扬了扬手里的刀，好心提醒道："我们并不打算要你们的命，只是有人让我来这里拿一样东西，你们要是愿意老老实实交出来，我们就立刻放你们走，这笔交易好像并没有什么不合适的吧。"

拿一样东西？关卿立即想到今天下午的时候，采访环保局的其中一个文员不小心说漏嘴的事情，当时关卿问他你怎么看这件事情时那个人你没头没脑地来了一句，说YU是我市的精英企业，肯定不会出这样的事情。

关卿赶紧追问你怎么能够那么肯定这件事情YU会没事，那人可能也是脑子一热，说"上头领导吩咐的"，说完后立即意识到自己说了什么不该说的，赶紧含含糊糊地给糊弄了过去，表示说YU一定不会做那样的事情。后来，关卿再问什么对方就是咬死不说一个字。

何霜繁显然不知道他们说的是什么意思，诧异地看着关卿希望她能够给自己一些信息。关卿只好十分为难地小声解释："下午的采访，应该是YU派来的人。"

就在何霜繁刚打算说什么的时候，关卿拉住何霜繁小声地问道："要不我把东西给他们吧，我们两个人是对付不了他们的。"

何霜繁看了看关卿然后不确定地问道:"你确定我们给了他们之后,他们就会那么简单地放过我们,我刚刚好像还打了他们一拳呢。"

听到这里,关卿才回忆起前面发生的那一幕,缩了缩脖子,摇了摇头。

何霜繁不再和关卿废话,直接将关卿挡在身后。那人见他们并不打算将东西交出来,一耍狠,纷纷举着刀朝他们这边砍过来。

还是第一次见到这样的场景,关卿吓得只能连连尖叫,将包死死地抱在怀里,到处躲藏着,生怕那些东西砍到自己身上,同时也害怕自己会拖累了何霜繁。

关卿躲在一旁,看着何霜繁朝那些人挥拳头的样子,心里暗自庆幸,幸好自己当时给何霜繁打了电话,不然现在还不知道会不会……想到这里,关卿更加抱紧了怀中的包。

就在关卿愣神想这些的时候,一把被何霜繁踢飞的刀意外朝着关卿的这个方向过来。

关卿愣在那里不知道该怎么办,明明意识告诉自己应该快点离开这里,甚至应该移动一下,至少让那把刀不会伤到自己,可是整个人像是被冻住了一样,完全做不了任何动作。

她急得差点哭出来,这时候,一个身影挡住了所有的光线,直直地朝她扑过来。不知为何,这样的场景让她觉得异常熟悉,好像就在不久前,也发生过这样的事情一样。

在这样伸手不见五指的夜里,四周好像很混乱的样子,各种声音杂糅在了一起,然后好像也有这样一个人将自己抱在怀里。

可是,自己脑海里明明对这样的事情没有任何的印象啊,怎么会……

关卿费力地想要看清那个人的脸,以及周围的环境,但是除了脑子有些难受之外,并没有任何作用,为什么会那么的熟悉,却又找不到任何记忆。

那些人似乎并不想闹出人命来,于是在看见何霜繁受伤流血之后,吓得连手中的刀都握不紧,将手中的刀往地上一丢,一溜烟逃得没了影子。

看着那些人走后,关卿才意识到是何霜繁帮自己挡下了那一刀,慌张地想推开何霜繁看看他伤到了哪里。

但是,她费力地推了几下何霜繁,见他并没有什么反应,只是死死地将自己压在他身下。

"别动,让我歇会儿。"何霜繁将关卿压在怀里,冷声说道。

何霜繁一说话,嘴角流出的血就直接滴在了关卿衣服上,甚至渗过衣服,让关卿明显察觉到一股浓浓的腥味充斥着周围,让她一惊。

"何霜繁，你是不是被伤到了，严不严重？你还好吧？"

意识到何霜繁已经受伤，而且伤得好像不轻，不管何霜繁还紧紧抓着自己的手，赶紧微微推开他，然后伸手往衣服上摸了一下，鲜红色的液体在晚上光线不足的时候而显出昏暗的颜色。

这时，何霜繁已经艰难地从地上站了起来，关卿马上注意到何霜繁嘴角流出的血迹，冲过来开始寻找着。

何霜繁当然知道关卿是在找什么，因为他也不知道那个伤口到底有多深，所以不敢让关卿知道。当关卿绕过去到他身后的时候，何霜繁条件反射地往后面一躲。

这样的动作更加让关卿意识到好像事情并不是那么简单，立即扯过何霜繁，只见身后那把刀要是再插深一点，就已经没到了刀柄处了，如果关卿没有记错的话，好像那些人手上的刀并不是很长。

关卿几乎要伸手捂住嘴，才能防止自己不会惊呼出来，扶着何霜繁，慌张地去掏他的手机，连着掏了几下都没有掏出来，急得都哭了出来，一边哭还一边对何霜繁说："你坚持住啊，我现在就给医院打电话，马上就好，你千万不要有事，不然我会内疚死的。"

何霜繁还是第一次看见关卿这么慌张的样子，原来她着急起来是这个样子。何霜繁不免勾起嘴角，将自己整个身子压在关卿身上，抢过关卿手中的手机，半开玩笑地说："放心吧，我就算是死了也会回来找你的，毕竟我是因为你而死的。"

关卿显然不能理解到何霜繁在这种时候还有精力开玩笑，下意识地伸出拳头朝他胸口一拳捶过去。

完全没有防备的何霜繁被关卿这么一捶，就差没有岔过气去，立即咳嗽了起来，甚至连连吐了几口血。

这下关卿更加慌了，扶着何霜繁想要伸手去他手中拿手机，结果却被何霜繁给躲了过去，她烦躁地骂道："这种时候还在这里开玩笑，你把手机给我，我给你叫救护车，我一个人就快要扶不住你了。"

何霜繁虚弱地从口袋里掏出车钥匙，说："我的车就在旁边，先把我扶到车上再说。"

还是第一次见到何霜繁这么倔，关卿没有办法只好将何霜繁扶进车里面，照着何霜繁的意思把他扶在副驾驶上。

这时候，何霜繁开口道："去陆怀那里。"

"你都伤成这样啦，去找陆怀做什么，你应该去医院。"关卿想也没想地反驳道。

何霜繁显然有些坚持不住，声音更加虚弱，像是喘气一样："陆怀是医生。"

陆怀就算是医生也是阿猫阿狗的，你去了能顶什么用？

这话关卿当然没有说出来，只是一脚踩在油门上，就朝着

B市最好的医院开去。没想到何霜繁居然在这种时候费力地扑过来，扯住方向盘，死活不让关卿开去医院。

为了安全，关卿只好停车，瞪着何霜繁骂道："何霜繁，你疯了是不是？你现在这种情况只能尽快去医院，你在这里跟我发什么神经？"

何霜繁只觉得喉头一腥，为了不让关卿担心，只能硬生生地全部吞进去，缓了缓对关卿道："我让你去找陆怀你就去，我自己的身体我自己知道。"语气一字一顿像是从牙缝里挤出来的，说完后将手机交到关卿手上，"给陆怀打电话，就说我受伤了。"

关卿瞪着何霜繁，看见何霜繁眼里的固执之后，只能愤愤地一把拿过他手中的手机，给陆怀打了个电话。没想到陆怀居然也对她说，把何霜繁送到他那边去。

她将手机还给何霜繁，看见他满意地枕在一旁像是在休息之后，虽是满心的怀疑，但是也只能照着他们的话去做，将何霜繁朝着陆怀的医院送过去。

关卿还是第一次开这么快的车，一路加着油门到了陆怀医院的时候，还有些惊魂未定，没想到车子一到，就看见陆怀从一旁敲了敲车窗。

陆怀开了车门之后，忍不住开着玩笑打击道："没想到居然还能看见你这个样子的时候，真是让我意外。"

到了医院之后，何霜繁也转醒，不满地对陆怀抱怨："放心就算出了天大的事情，我也不会走在你前面。"

"还能开玩笑，看来还没有什么大事。"说完，陆怀将何霜繁拖出来，直接拖着就进了医院，看得关卿目瞪口呆。

望着两人往里面走的身影，关卿在想，刚才自己是不是做错了什么，不然怎么会把何霜繁送到这里来，确定不是送何霜繁去寻死吗？想到这里，她不免觉得后怕，心想何霜繁要是真有什么三长两短不会真的不会放过自己吧。

这时候关卿注意到一旁留在座椅上的血迹，吓得往医院里面奔去。

"哎呀！"关卿经由一个小护士的指引，朝着陆怀前面来的方向走去，没想到陆怀刚好从里面出来，两人直接撞在了一起。

关卿揉着自己的鼻子，听见陆怀笑着一脸礼貌地对自己说："何霜繁那边我会好好处理的，你要是想等的话，就去旁边的休息室吧，好了之后我通知你。"

关卿点了点头，担忧地跟着陆怀去了一旁的休息室，在陆怀转身离开的时候，忍不住喊道："那个，何霜繁的伤严重吗？"

陆怀宽慰地对她笑了笑，说道："我也不知道，毕竟我给人看病的次数不多。"

望着陆怀离开的身影,关卿想了半天才消化完陆怀刚才话里面的意思,吓得连手上那杯陆怀倒过来的水都掉到了地上,心想,自己这样不会真的会害得何霜繁出什么事情吧!

虽然何霜繁每次见面总会找几个打击自己的点,虽然他在自己面前总是骄傲得像只公鸡,还管着自己,不是不准和别的男的说话,就是不准自己随便乱跑,但是在他刚才冲过来为自己挡下那把刀的时候,还是很让人感动的。

想到自己和何霜繁之间的事情,以及他脸色苍白地躺在车上的样子,关卿越想越害怕,忍不住给顾安静打了个电话。

顾安静显然没有猜到关卿会在这时候给自己打电话,一接电话,就抱怨道:"关卿,大晚上的你不好好睡觉,总是骚扰我做什么?"

"顾安静,何霜繁好像为了我受伤了。"

听到这个消息,顾安静明显怔住了,过了一会儿之后,不确定地问道:"你说什么?再说一遍。"

"何霜繁受伤了之后还硬要来陆怀的医院,你说他会不会死在这里啊。"

"放心,我看过的,陆怀好像还是临床医学的研究生,不用在意的。"顾安静听到后并没有感到诧异,反而安慰道。

"要是他死在这里,你说我是不是逃不了干系?"

顾安静这才意识到,关卿是在诉苦,无奈之下,她只好听着关卿在那边自言自语,直到关卿将所有的事情都说完之后,才强忍着睡意说了句"再见"。

果然有些事情还是要找个地方好好地说一下,在挂了顾安静的电话之后,关卿这才发现自己手里的那杯水已经倒在了休息室的地板上。

关卿连忙在桌上扯了很多纸,蹲下去想要擦干净,然而她还没有这样做,就听见有人说道:"何霜繁已经没事了,要不要我送你回去,还是说你开他的车子回去?"

一听何霜繁已经没事了,关卿立即跑过去,但是没想到一脚踩上地上的那摊水,直接失去平衡朝前面扑过去,幸好陆怀眼疾手快扶住她,问道:"没事吧?"

关卿摇了摇头,再向陆怀确认了一遍何霜繁是不是真的没事之后,提出说要去看一下,却被陆怀拒绝了,说何霜繁现在不方便探视。

无奈之下,关卿只好说先回去,明天再过来。

"你尽快把报道做完吧。"就在关卿上车的瞬间,陆怀说道。

关卿诧异地回头,只听见陆怀笑了笑解释道:"何霜繁让我说的。"

她微微点头示意自己知道了,然后迅速上车,驱车回家打算今天加夜班把报道做完。

Chapter.15——

是觉得我现在喜欢你，所以就可以这样对我吗？

从医院出来，关卿就一直安慰自己说没事的，回到家里的时候，已经是凌晨两点多了，她迅速打开电脑，开始更新今天的一些内容，以及和之前的那些事情作为联系。

已经有了充足的证据来证明 YU 真的在生产的时候投机取巧制造了更严重的工业污染，而且这件事情已经严重影响到了周围人们的生活以及生命。关卿连夜将稿子写好，然后直接交了上去，至于后面的事情到底会怎么处理，关卿也觉得自己已经尽力，只坐等结果，听说那个印刷厂的老板好像也不是吃素的。

稿子一交上去，上头直接告诉关卿盯紧这件事情，以至于后面的一个星期，关卿都在忙着工作，完全抽不出时间去看看何霜繁。

等她有空去医院看何霜繁的时候，里面的护士告诉她何霜繁当天晚上就已经回去了，顺便告诉她陆怀也不在医院。

失望而归的她试图给何霜繁打个电话，结果发现他的手机竟然是关机。

坐在房间的沙发上，回忆起那天何霜繁扑过来替她挡住刀的样子，关卿猛地站起来，决定还是应该去看看他的。

想着，既然不在医院，那就应该还是在家里，可是……关卿猛然间发现自己其实根本不知道何霜繁住在哪里。

站在那里想了大概半分钟之后，关卿终于反应过来，对了！顾安静应该是知道的，可是应该怎么说呢，不然到时候顾安静一定又会七七八八地问好多。

踌躇了好久，关卿一咬牙，决定还是一件一件地处理，反正她和何霜繁好像还是清清白白没有发生什么大事情吧。

"那个……顾安静，找你问件事情。"

认识关卿那么久，所以，她开口的第一个语气顾安静就知道她想干什么，也就不再客气，直接说要求："一顿晚饭。"

关卿鄙视了一下顾安静任何时候都不会放下的资本家气质之后，想到现在可能还瘫痪在床的何霜繁，一咬牙答应道："行，不过你先要告诉我,你知道何霜繁住在哪儿吗?"

顾安静敏锐的鼻子立即嗅到了不寻常的味道,问道:"他居然没有告诉你,他住在哪里?"

"没有,你先说,他住在哪里?"关卿不打算和顾安静废话,急忙将话题重新转回来。

顾安静想了一下,报了一大串的地址给她,顺便问关卿找不找得到。为了避免顾安静一直问自己,关卿果断地说自己会查之后,挂掉了电话。

听着电话里传来的忙音,顾安静愤愤地鄙视了关卿之后,忍不住嘀咕:"关卿问何霜繁的地址,难道两人之间不会……"

想到这里,顾安静忍不住发了个朋友圈,大致意思就是祝他们俩终于喜结良缘、早生贵子之类的。

拿着从顾安静那里要到的一长串的地址,不免羡慕了一下,居然在市中心地段最好的地方买了这么好的一处房子,要知道,自己为了那套房子,不知道跑了多少条新闻,累死累活的。

哎!真是人比人气死人。

本来出门的时候关卿还考虑了一下要不要买些东西过去的,但是仔细回想了一下,好像和何霜繁认识这么久,先不说自己不知道何霜繁喜欢吃什么,好像现在连他伤得到底有多严重也不知道,也不知道有什么需要忌口的。

最后只好开着何霜繁的车子过去，只是买了一些水果，到门口刚打算敲门门就开了，只见陆怀从里面出来。

陆怀显然没有想到关卿会突然找来这里，愣了一下之后，下意识地往里面看去，然后解释道："何霜繁刚睡下。"

关卿当然听出了陆怀委婉的拒绝，倒是没有介意，将手中的水果递给陆怀："那我就回去吧，等他什么时候方便了我再来。"说完转身离开。

可是没想到关卿一到楼下的时候，陆怀竟然追了出来："关卿是吧，我们聊聊吧。"

关卿诧异地回头看向陆怀，不解地皱起眉头，对于这个只见过几次面的人谈不上有什么好感，但绝对也不是厌烦的类型，只是他找自己会是什么事情。

不会是……何霜繁一检查其实身患绝症？关卿立即联想到当初何霜繁对自己说的那些话，什么"如果可以，我希望这种感觉可以久一点"，不会真的命不久矣吧。想到这里，她立即点头同意。

两人在小区里随便找了个饮品店，一坐下，关卿就关切地问道："何霜繁是不是要死了？他是不是不好意思对我说，怕打击我，所以要你来告诉我？"

陆怀打量了一下关卿，吞了吞口水，尴尬地笑了笑，想着自己应该怎么说接下来的那些话，心里疑惑道：这就是何霜繁说的那个让他有心跳的女的，和何霜繁果然是绝配。

见陆怀一直看着自己不说话，关卿更加确定了心里的想法，刚想出言安慰一下，就听见陆怀说道："你喜欢何霜繁？"

关卿显然没有意识到他会突然问自己这样的问题，震惊地抬起头，迟疑了半秒钟之后，不确定地问道："你刚刚说了什么？"

"你还是不要喜欢他。"

什么意思？让我不要喜欢何霜繁，先不说她和何霜繁关系还不是很明朗，就算明朗了也不应该这样在背后点评吧。

关卿不可置信地看着陆怀，消化了一下他话里面的意思之后，不确定地问道："你知道我和何霜繁是什么关系吗？"

"看来是真的喜欢他啊。不过，我要提醒你，喜欢他可不是一件简单的事情，会很累。"陆怀自顾自地总结道。

关卿整个被陆怀弄蒙了，不知道该怎么解释，顿了顿，说道："其实我和何霜繁不是你想的那种关系。"

听到关卿的回答，陆怀并没有放下之前说话的那种态度，继续说道："何霜繁这人吧，一直都是冷冷淡淡的性格，就算是对我都是一样。"

陆怀顿了顿，看着关卿认真地说："可是你不一样，何霜繁为了你在叙利亚受伤，这次也是。明明在我这里好好地待着，硬说要出去一趟，回来就变成了那个样子。"

关卿就算再傻也明白陆怀说的是什么意思，但是，他究竟要自己怎么做啊？她只好谨慎地问道："那个，你要说什么直接说了吧。"

对于她忽然的打断，陆怀显然很是不高兴，干脆直截了当地说道："何霜繁和我们不一样，如果你真的决定要和他在一起，就要用很大的勇气来面对接下来可能发生的任何事情，如果不能保证的话，你就最好不要再联系何霜繁了，对你们两个人都好。"

关卿再想问什么的时候，陆怀已经起身离开了。

她愣愣地在那里坐了起码半个小时，一旁的店员看不下去了，走过来问她是不是有什么事。她目光无神地摇了摇头，起身离开。

不知道从什么时候起，她和何霜繁的关系就发生了一个质的变化，明明是以朋友的名义交流着，却会在一有事情的时候想到他，只要他在身边之后就会觉得很安心。

这种比朋友更亲密的关系暂且叫暧昧吧，但是这种暧昧完全没有让她感到反感，反而还有些期待。

如果今天没有陆怀的提醒，恐怕连她都没有意识到，从什么时候开始，何霜繁在自己心里变得很重要。

就像以前她妈妈误会的时候,她觉得既然没有什么就没必要解释,但是在何霜繁那里,她却要打电话过去道歉,生怕对方误会。

躲在何霜繁背后的时候,莫名的安全感让她极度恐惧的内心变得坚定。

以前她以为可能只是何霜繁太厉害了,所以自己不自觉地就会想要依赖何霜繁,现在她才意识到,也许不是。

这一切,或许是因为自己喜欢何霜繁。

带着这样复杂的内心,关卿将自己关在家里,慎重地思考了一个晚上之后,第二天,她决定正视自己的感情,于是打算和何霜繁说明这件事。

到达何霜繁家门口的时候,关卿还是有些犹豫,就连敲门的手都是放了又举起来,重复了不下十次。

最终,关卿只好一咬牙,刚将手抬起来,结果门居然自己打开了。

一开门,就看见何霜繁面色苍白地站在那里,似乎不是很乐意关卿的到来,问道:"站在这里给我家当门神吗?"

关卿想着,生病的人火气都比较大,算了理解一下,便也没有和他计较。

跟着何霜繁进了屋子,何霜繁指了指一旁的沙发,让她自己坐过去，而他则是去冰箱里拿了一瓶矿泉水丢给她。

"我家就只有这个。"

"何霜繁，你的伤，还好吧？"接过何霜繁递过来的水，立即关切地问道。

何霜繁在旁边坐下，淡淡地说："还好，死不了。"

听到何霜繁这么冷淡的回答，接下来的话，关卿不知道怎么开头，本来想既然是女孩子就装一下矜持，说得委婉一点，但是没想到她还没有开口，就听见何霜繁说道："以后不要来找我了。"

"什么？"关卿显然没有想到何霜繁会说这些，诧异地转头看向何霜繁，似乎不相信他会说出这样的话。

"不要来找我，不要联系我，就当我们没有认识过，像你第一次见面时说的一样，不要互相惦记，这样就不用浪费时间来拒绝。"何霜繁也转过来，看着关卿的眼睛认真地说道。

关卿不相信地问道："何霜繁，你这是什么意思？是觉得我现在喜欢你，所以就可以这样对我吗？"

何霜繁深吸了一口气，然后缓缓地说："我不知道你会喜欢我。"就像我也不知道我会喜欢你一样。

关卿将脸别到一边，过了好久之后，装作什么事情都没有一样地问道："所以就连朋友都不能当了吗？"

"嗯，不能。"何霜繁回答得很果断，连任何回转的余地都没有。

　　一句话直接让关卿跌入了谷底，怔在那里不知道是应该马上走掉，还是应该硬着头皮挽留。她以为，就算何霜繁现在不喜欢自己，也至少不会拒绝得那么干脆的，但是……

　　想到何霜繁居然说出这样的话，关卿异常气愤，她觉得自己要是再待在这里恐怕就连最后一点点尊严都不见了，将何霜繁前面递给她的矿泉水往桌上一扣，拿起包，冲了出去。

　　看着关卿的背影，在门"嘭"的一声关上之后，他才转过头来，盯着桌上的那杯矿泉水失神。

　　陆怀过来的时候，他还依旧保持着这个姿势没有任何变动。

　　陆怀从一旁的医药箱里拿出一些东西，也不管何霜繁自顾自地帮他脱掉上衣，看到里面有些微微渗出血来的纱布，不满地抱怨道："你又做了什么，伤口都裂开了。"

　　何霜繁这才注意到那瓶被关卿放在桌上的矿泉水，不知道什么时候出现在了自己手上，他将水瓶往桌上一放，淡淡地解释道："只是握了一下这个而已。"

　　陆怀看着桌上几乎被何霜繁捏得有些变形的矿泉水，立即举着手指发着誓："那个……何霜繁，你不要激动，我真的不喜欢你的关卿，我们之间清白得就像一张白纸。"

　　"你和关卿做了什么？"何霜繁不解地问道。

"就是说了一下她对于你是特别的,然后希望她能够有足够的勇气和你一直走下去。"陆怀好像不明白何霜繁为什么会这么问,一脸疑惑地回答道。

末了,他还得意地说道:"不要太感动,我对你的爱天地可鉴。"

"嗯,以后不要再找她了。"

陆怀立即嗅出了意思不寻常的味道,不解地问道:"怎么了,你们俩吵架了,还是她过来直接把你甩了?"

顿了顿,他忽然惊讶道:"她不会说其实她已经结婚了吧!"

何霜繁倒是不急着回答,只是示意陆怀能够快点帮自己换药,却在陆怀快要弄完的时候,忽然开口道:"你难道觉得我这样的身体真的适合和她在一起吗?"

陆怀显然没有想到何霜繁会这么问,虽然以前他也因为身体的原因,故意装作对任何人都很冷漠的样子,原以为关卿应该是不一样的,怎么结果还是差不多啊。

不等陆怀回答,何霜繁就接着说道:"没有心跳,没有味觉,甚至连自己的生命长短都不知道,这种说难听点就是妖怪一样的体质,你觉得我真的能够和一个正常人发生什么?"

"以前我也以为应该可以的,尤其是因为关卿的出现我能够清楚地感觉到心跳的时候,但是现在我发现其实根本就行不通,你也看到了我的身体已经完全不像是以前的样子,如果以前我不敢对这个世界产生留恋，那么现在就更加不应该了。"

陆怀是清楚知道何霜繁身体的人，但是现在也不知道该如何安慰他，好像所有的语言都失了颜色，完全达不到效果。

只能安静地将东西收拾好，装作什么事情都没有发生一样出去买吃的，顺便问何霜繁要吃什么。

何霜繁盯着桌上陆怀忘记收拾的那条沾满了血迹的纱布，以前明明可以很快愈合的伤口变得像人类的伤一样反反复复，身体像是被掏空一样，困倦不堪，甚至年底才有一次的休眠期，在近段时间好像也开始来了。

要是自己真的像父亲一样一觉睡过去就再也醒不过来，那关卿应该怎么办？所以还是不开始的好，在局势还可以控制的时候，回到最开始样子，就当作什么都没有发生过。

关卿从何霜繁那里离开之后，立马打了个车去找顾安静，二话没说直接把顾安静给扯进了车，在一家火锅店门前停住，兴致冲冲地走进去。

不明就里的顾安静，本来已经约好了要去爸爸的酒庄里面转一圈的，但是这件事情刚答应下来，就听见关卿将自己家的门踢得哐哐直响，还不等她发火就被带到了这种地方。

坐在桌前的顾安静终于忍不住问道："卿卿，你是不是受到了什么刺激啊？"

关卿看了一眼顾安静,然后很是认真地问道:"我们是不是朋友?"

这种时候,面对着即将沸腾起来的汤底,顾安静只能疯狂地点头,以表自己的决心。

得到了满意的答案之后,关卿适时地将桌上的东西一股脑地往锅里面倒下去,眼神凛冽地对顾安静说道:"那就不要废话,今天算我请客。"

顾安静哪敢说一个不字啊,只是下意识地往后面躲了躲,免得油溅到自己身上。

当看到关卿差不多都把东西往辣的那边下的时候,还是忍不住提醒:"卿卿,你平时好像不是怎么能吃辣吧?"

关卿迅速抬起头,瞪着顾安静半天没说一句话,把顾安静吓得直接抓着椅子的扶手吞了吞口水,含含糊糊地敷衍道:"你吃,只要你想吃,什么都可以。"

关卿这才作罢,一脸气愤地将所有的东西往里面一丢,然后静静地等着它们煮熟。

谁说失恋了就应该哭哭啼啼、哀哀怨怨的,她就不信离了他何霜繁,自己还就活不下去了。

带着这样的决心,关卿决定好好地吃一顿,什么,不要再来找我了,一开始难道是我觍着脸上去要你的吗?

想到这里,关卿立即夹了一大把不知道是什么乱七八糟混在一起的东西,放进嘴里,结果一股辣油呛得她将东西全部给吐了出来。

见她这样,顾安静也被吓了一跳,赶紧过去拍着她的后背,急切地问道:"你说吧,到底出什么事情了,你这又是闹哪一出啊?"

一般的脆弱都是这样的,没人安慰的时候觉得好像什么都还可以,但是身边的人一问怎么了,眼泪就开始决堤。

只见关卿反身过来抱住顾安静就一边咳嗽着,一边痛哭着说道:"顾安静,我失恋了,你说我明明就还没有恋爱,怎么能够在这个时候就失恋了呢?都说初恋是美好,我这迟到了十多年的恋爱,怎么一点都不好啊。"

顾安静几经周折,总算是明白了关卿的意思,立即愤懑地问道:"你说何霜繁怎么你了,我现在就去帮你讨回公道去。"说着将手中的筷子往桌上一丢,就是一副想要出去干一架的架势。

可是脚还没迈出去两步,顾安静又缩了回去,笑嘻嘻地对着关卿说道:"关卿,你确定那个人是何霜繁?而且还把你甩了?这不科学啊,何霜繁看上去并不是这样子的人啊!难道你太没有魅力了?"

关卿幽怨地问:"你到底是向着谁的?"

顾安静讪笑着解释:"我的心永远向着你,忠诚得很,但是吧，如果对方换作何霜繁，就不一定了，毕竟小女子功力有限，也有斗不过的人。"说完立即跑过来抱住关卿，以表安慰。

听到她这么说，关卿终于体验了什么叫作心酸，只好一把抱住顾安静，抽泣着一吸一顿地说道："我怎么知道是不是魅力的问题，总之，他只是冷漠地要我不要再找他了。什么嘛，是我找的他吗？"说话间关卿已经不管三七二十一地在顾安静身上蹭了好多的鼻涕眼泪。

等顾安静发现的时候为时已晚，只能一边推着关卿，一边陪着哭道："关卿，你要是再往我身上蹭这些东西，我一定不会放过你的。"

关卿干脆不管不顾，直接连嘴一块擦了，起身拿起包包迈着正步走了出去，留下顾安静对着她肩膀上那一堆不知道是鼻涕还是油渍的东西龇牙咧嘴。她冲着关卿的背影喊道："呀！关卿，你给我站住，至少把干洗费给我啊！"

Chapter.16——

既然明明喜欢我,那你为什么非说不能再联系了呢。

"你就算是拒绝我,也总得给我一个理由吧!"

对方诧异地看着关卿,刚才自己不过是谈到一次本来已经谈妥的方案,却被忽然毁约,导致自己损失了几十万的事情,她这是……说什么啊?

见对方一直没有回答,关卿才猛地惊醒,想起自己这是在采访中,尴尬地笑了笑,然后解释道:"抱歉,我们继续刚才的话题吧。"

为了向顾安静证明一定不能为了何霜繁那个神经病在那儿说的那些话,而变得不成人样之后,关卿开始投入到了忙碌的工作之中。

结果，非但没有证明自己其实活得很好，反倒是把采访弄得一团乱。

这已经不是第一次了，自从被何霜繁那么直接地拒绝之后，关卿就觉得自己生活变得一团糟，先不说会时不时地想到他之前帮自己的样子，就连采访的时候也都经常出错。

就连主编都好心地过来问关卿是不是有什么事情瞒着他，要是有不适，可以准假的。

想到一向专业的自己，三番五次地在采访的时候没头没脑地问那种问题，已经吓得好几个人好像自己会吃了他们一样看着自己，真是……

采访结束后，关卿终于舒了口气，打算去公司楼下喝杯下午茶，算是慰问一下自己。结果一坐下，就想到自己第一次见到何霜繁的情景，下意识看了一下自己的着装，幸好今天没有穿裙子。

反应过来的关卿小声啐了一口自己，打算先看看笔记。

结果在包里面翻出了一张纸，发现上面不知道是自己在什么时候竟然写了那一页满满的何霜繁。关卿烦躁地将那张纸扔进垃圾桶，端起桌上的咖啡，猛地灌了一口，被苦得连连吐舌头，不满地埋怨道："他怎么喜欢喝这么苦的东西啊？"

孟梓烨已经站在窗外盯着关卿看了很久了，看着她点了一杯最苦的咖啡,看着她从包里面掏出一张写得满满的纸,最终却丢到了垃圾桶里,看着她喝了咖啡之后吐舌头的样子。

他发现最近关卿每天都是恍恍惚惚的,像是被人夺了心魂一般。

"关卿姐,有心事啊?"孟梓烨点了一杯味道比较甜腻的热咖啡放下之后,顺势坐了下来。

关卿这才朝面前的孟梓烨微微点了点头,解释道:"没有,一些感情的问题,怎么,我表现得这么明显吗?"

孟梓烨淡淡一笑,点了点头:"很明显。"

听到孟梓烨这样说,关卿整个人忽然瘫软在椅子上,撇了撇嘴,闷闷地说道:"看来我真的不适合伪装?"

"要是你不介意的话倒是可以和我说说,总比一个人憋着强。"孟梓烨将面前的咖啡推到关卿面前,关切地开解道。

关卿看着眼前的孟梓烨,其实早在很久的时候,她就知道对方可能对自己有意思,但是,因为对方比自己年纪小的原因,也就没有和他有过多接触。

但是想想自己现在的处境,难得有个人愿意和自己坐在这里谈心,哪怕明知道对方可能居心不良,但是……关卿想了一下之后,一咬牙问道:"你说,一个男的对一个女的说不要再来找我了到底是什么意思啊?"

"表面意思吧!"孟梓烨想了想,诚实地回答,末了,像是在问又像是很肯定地说道，"上次忽然出现在叙利亚的那个？"

关卿烦躁地拿起前面孟梓烨推过来的那杯咖啡，点了点头，算是承认了他后面的问题，然后解释道："我不是那个意思，我当然知道这是表面意思啊，但是我想要的是更深一点的，就是那个……"

"你想问他为什么会说这样的话？"孟梓烨见关卿说了半天也说不到正点上，忍不住说道，"我想应该是有什么难言之隐吧。"

难言之隐？怎么之前自己没有想到呢，关卿想到最后一次见何霜繁时候的样子，脸色苍白，不会真的有什么不治之症吧，可是明明陆怀没有和自己说这些啊。

那何霜繁到底在和自己隐瞒什么啊！

就在关卿将自己关在家里，绞尽脑汁也想不出何霜繁到底在隐瞒什么的时候，一个意外的访客，让关卿吓了一跳。

关妈妈知道自己好不容易得到的女婿吃了顿饭之后就这样不见了，直接开车杀到关卿的公寓，气愤地揪着她的耳朵，恨铁不成钢地训道："你是不是欠收拾，好不容易有个人愿意要你，你居然都没有抓住。"

关卿只能无奈地顺着关妈妈的力道，防止自己受伤，咧着嘴哭诉道:"人家就是一阵风,你让我怎么抓住。何况,你女儿就真的非要贴着他吗?"

听她这么一说,关妈妈也觉得她说得好像有道理,但是想到关卿前面二十几年的经历之后,立即转回来说教道:"不需要贴着那是你妈我的资本,想当年追我的人可是排队都能从你外婆家门口排到你奶奶家门口呢,但是你就不一样了,毕竟只有他一个人承认过愿意做我家的女婿,你还不好好抓住,就等着一封家书让我们就此断绝母女关系吧。"

关卿撇了撇嘴,不满地小声嘀咕:"明明中间都是空的,就只有我爸一个人,还好意思拿出来说。"

"你说什么?"关妈妈头一转,眼神凛冽地看过来。

关卿心虚地舔了舔嘴唇,怯怯道:"我说我哪能和你比啊。"

关妈妈这才满意地从包里面掏出一沓钞票,交到关卿手上,语重心长地说:"好好把自己打扮打扮,我可是和隔壁的张阿姨打了赌,你要是比她女儿后嫁出去,我可是要输几百块出去呢。"

看着关妈妈潇洒离开的身影,关卿真想问一句,我到底是不是你亲生的,要是不是的话,请把我还回去。

看着手中的一沓钞票,又觉得还是不要还回去吧,至少作为失恋的慰问。将钱收好之后,关卿叹了口气,瘫坐在沙发上无神地看着前方。

顾安静电话打来的时候，关卿刚好起身打算去找何霜繁问清楚，至少不能被他就这么随便给糊弄了过去，接通顾安静的电话，立即没好气地说道："喂！什么事情快说。"

"卿卿，我放在你桌上的那张酒会请柬看见了吗？"

什么？酒会？请柬？

什么酒会？什么请柬？

关卿的目光顺时针地转了一圈之后，这才注意到茶几上放着一张暗红色的请柬，看了一下里面的内容之后，愤愤地对顾安静吼道："顾安静，我不是说过不要随便进我家里吗。"

"谁叫你这几天都在失恋期，我这不是不好意思影响你的情绪嘛。"顾安静特意将手机拿远了一点，等关卿发泄完之后，才不慌不忙地解释着。

不好意思影响我的情绪，这话听得关卿只想出去吐一吐，她就没见顾安静对自己这么好过，她要是没有记错的话，前几天顾安静还装作一脸好心地问她是不是需要继续相亲，哪里有一个好闺蜜应该有的样子。

哼！真是气死我了。

"那至少应该通知我一下吧！"关卿不满地埋怨。

"你自己没看到，还要怪我没有通知，有你这样说话的吗？别废话，穿得好看一点，别给我丢脸。"顾安静职业化地通知了这些事情之后,完全不顾关卿是不是同意就直接挂了电话,等关卿愤愤地打过去的时候,对方已经正在通话中了。

关卿将手机往旁边一丢,看着请柬上面的时间,只想把顾安静拽出来捏死,都已经只剩下不到两个小时了,才通知自己有酒会。

她急急忙忙地随便在衣柜里找了一套礼服,带上后直接去找了顾安静。

只是没想到,到了那边之后,还没有找到顾安静,反倒是先见到了何霜繁。

当时,关卿抱着很大一堆东西去找顾安静,结果和何霜繁迎面碰上。

关卿站在那里不知道该怎么做,毕竟现在算起来,他们好像已经不是朋友了,没有打招呼的必要。

但是他毕竟救过自己的命,不打招呼好像又过意不去,总是要说声谢谢的。成功地帮自己找了一个借口找何霜繁说话,但是她那句何霜繁还卡在喉咙里,就看见何霜繁已经转身绕了条远路。

看着何霜繁决绝的身影,关卿顿在那里,脑子一片空白。

明明可以从这里经过的,可他却宁愿绕远一点,还是说,他也害怕和自己见面,难道今天孟梓烨说的是真的,他其实真的有难言之隐？

就在这时候，一个工作人员从一旁经过，可能也是因为手上的东西太多，完全没有注意到站在路中间的关卿，就那样直直地撞了过去。

那人显然没有想到会撞到人，在听见惊呼的时候，立即慌乱地放下手中的东西，忙说着对不起将关卿扶起来。

见到关卿手肘受伤时，那人赔礼道歉的模样更显真诚，就差没有跪在关卿面前磕头谢罪了。

关卿只是将自己的东西全部捡起来，对那人微微一笑，然后直接去了顾安静事先订好的房间去了。

顾安静听说关卿受伤之后，慌张地过来查看伤势，听说是不小心和人撞了后受伤的，立即激动地站起来作势要冲出去，凶狠狠地说道："说，是谁把你弄成这样的，我现在就去扒了那个人的皮。"

说到扒皮，关卿立即想到那个撞到自己之后，连说着对不起的小伙子，敷衍一笑，说："何霜繁。"

顾安静本来已经伸出去的脚立马缩了回来，顺势在关卿的旁边坐下，一边检查着伤势，一边解释道："何霜繁的皮肉长得还算可以，我们还是发发善心，不要这么残忍的好。"

关卿鄙视地看了一眼顾安静，一交损友误终生这个道理果然是对的，想到何霜繁刚才离开时冷漠的脸，关卿莫名地像是听到了什么东西碎裂的声音。

忽然，一阵疼痛让关卿倒吸了一口凉气，转头发现顾安静正相当生疏地帮自己处理着伤口。

"顾安静，你要是不会弄就让它这样晾着吧？"关卿条件反射地在顾安静再次举起棉签的时候，将手往后面一躲。

顾安静狡黠一笑，眯着眼睛问道："你刚刚在想什么？"

"没什么。"关卿撇了撇嘴，下意识地往旁边躲了躲，"不过，何霜繁怎么也在？"

"当然是……"顾安静故意拖长了语气，享受地看着关卿一副想要知道但是又不知怎么开口的表情，最后才得意地说道，"我爸邀请的，好像是这次新品交流会的时候，顺便帮我爸做了一下翻译吧。"

顾安静总不会说是自己去找的吧，原来，因为上次将陆怀送警察局的事情而感到愧疚，后面赔礼道歉的时候，发现竟然是何霜繁的好朋友，于是这次千辛万苦终于让陆怀同意来之后，把何霜繁也带来了。

"哦。"得到答案后的关卿也不管会不会碰到伤口，直接往后躺在床上，一副生无可恋的模样。就在顾安静想着是不是应该表示一下同情在她旁边睡下的时候，她忽然猛地坐起来，问道:"我到现在还搞不懂我是怎么被抛弃的,你说是不是很失败?"

顾安静被吓了一跳,下意识地往后一躲,然后点头安慰道:"没事,你可以很坚强。"

关卿鄙视了一眼顾安静,翻过身不想理她,但是没想到一转身就碰到伤口,惊得直接从床上弹起来,烦躁地揉了几下头发之后,对顾安静说:"把你那什么专业化妆师什么的都请出来,今晚我要惊艳全场。"

本来关卿也就这么说说,但是她没想到顾安静竟然真的会请过来,还对着化妆师说"一定要把她给我弄得美艳动人"。

在整个化妆的过程中,顾安静一直在念叨着,在何霜繁面前,你就算穿着抹布出来,他要是喜欢你,就不会装作看不见。

就在关卿疑惑地想难道顾安静已经脱下了资本家的外衣,决定做一个慈善家了的时候,顾安静将她带到一旁的媒体区,她真想戳瞎自己眼睛,果然不能被表面现象给迷惑。

关卿没有想到的是,顾安静给她安排的位置恰好是何霜繁的旁边,余光完全可以将他的一举一动看得清清楚楚。

看见顾安静得意扬扬地挽着陆怀的手进来的时候,关卿愣在那里,一脸呆滞。这又是什么情况啊,他们又是什么时候掺和在一起的啊?

看来自己有必要适时地思考一下是不是要重新换个人信任了，居然在自己看不到的地方暗度陈仓，真是太不把我看在眼里了。

"他们什么时候在一起的啊？"不知道为什么在看到这一幕的时候，关卿本能地开口去问了一旁的何霜繁。

过了许久也没有听见回答之后，关卿才反应过来，坐在身边的已经不再是曾经的何霜繁了，尴尬地咬唇起身准备换个位置。

可是就在她起身的时候，何霜繁忽然抓住了她的胳膊，不满地抱怨道："总是这么不让人放心。"

关卿诧异地看向何霜繁，发现他指的是自己手肘上的伤口之后，下意识地想将手抽回来，没想到何霜繁抓得更紧了。

"我没事。"关卿故作坚强地说道。

何霜繁只是看了一眼关卿，并不理会，直接起身拉着她就离开。

即便他已经极力地无视关卿了，可是在两人遇到的时候，还是害怕自己会控制不好情绪，才会故意避开，在关卿摔到的时候，差点就忍不住要冲过去了。

所以再次遇见的时候，他下意识地看了看关卿的手臂，只是没想到她竟然就这么敷衍地处理了一下伤口，不是明明看着她进了客房了吗。

就不能让自己避开她的时候能够狠得下心一点吗？就不能骄傲地活得更好一点，至少不会让自己不放心吗？

关卿只感觉何霜繁捏着自己的手越发紧了起来，忍不住皱着眉头提醒道："何霜繁。"

何霜繁只是微微偏头看了她一眼，并没有说话，但是手上的力道明显地减下去了。

"开门。"何霜繁在房门处停住。

关卿明显地愣了一下，然后皱着眉头掏出房卡将房间打开，心里疑惑何霜繁怎么会知道顾安静订的是这间房间的。

看着何霜繁认真且娴熟地帮自己处理好伤口，甚至为了防止蹭到，还特意用纱布缠好，关卿不免想到在叙利亚的时候，何霜繁也是这么认真地帮自己揉的脚踝。

她记得当时她震惊地赞叹何霜繁居然还有这种才能的时候，何霜繁好像是相当自恋地回答说："有些才能是与生俱来的，就像你总是不让人放心一样。"

那现在他是不是也是因为不放心自己，所以说，他不可能对自己没有感觉。关卿忍不住问道："何霜繁，我们明明没有发生什么误会，为什么就不能继续做朋友了呢。"

"我们一开始不就是一个误会吗？"何霜繁抬眼看了一眼

她,给关卿系了一个还算不错的蝴蝶结之后,起身离开。

望着何霜繁的背影,关卿愤愤地朝旁边的柜子踢了一脚,柜子倒是没事,自己反倒是疼得差点掉眼泪。

关卿一咬牙,等脚稍微好一点的时候,追了出去,结果找了半天也找不到何霜繁,好不容易找到一个熟人,拉着就问:"何霜繁呢?"

陆怀上下打量了一下关卿,看见她胳膊上纱布最后的蝴蝶结时,不免勾起嘴角,心里鄙视道:既然这么放不下心,为什么硬是说不能够在一起呢。

他伸手指了指外面:"你现在冲出去或许还追得到,他说有事先走了。"

关卿微微点头道了句谢就直接从正门出去,果然照着陆怀说的,在门口的时候拦下了何霜繁的车。

何霜繁的车速一直很快,所以当关卿出现在车前面的时候,他猛地踩住刹车,从车上下来的时候,都觉得手脚有些发抖。

虽是这样,他还是板着脸怒斥道:"你知不知道刚才有多危险,你要是有个万一我……关阿姨会伤心的。"

"何霜繁,你是喜欢我的对不对?"关卿问道,眼神坚定地看着何霜繁。

何霜繁只觉得心脏猛地被撞了一下,就像是做错了事的小孩,忽然被大人拆穿了自己的谎言。

眼神闪躲透露了的心思,为了不让关卿发现,他不得不将脸别到一边,稍微缓和了一下之后,转过来想要否认。

"既然明明喜欢我,那你为什么非说不能再联系了呢?"关卿没有给何霜繁开口的机会,直截了当地问道。

"关卿!你清醒一点,我们是不合适的。"何霜繁看着关卿的眼睛,认真地说道,"当时是我鬼迷心窍,既然现在清醒了过来,那就应该斩断所有不应该的念头,当作我们之间什么都没有发生过。"

关卿抬起头来,幽怨地看着何霜繁,凄怆地问道:"什么都没有发生过,可是我们明明就互相喜欢不是吗?"

何霜繁盯着关卿看了好久,久到关卿以为时间都冻结了一般,何霜繁才终于冷声缓缓道:"可是我不想做一个正常人了,以前我以为也许对我而言你是特别的,在你身边的时候,我才觉得我是在以一个正常人的样子生活着,但是,现在我不需要了。"

又是这样的话,难道站在我面前的何霜繁就不是一个正常人吗?

听到何霜繁又用这样的理由来拒绝自己,关卿只觉得怒火直接冲上脑门,瞪着眼睛问道:"又是这样的理由!何霜繁,你把我当什么,三岁小孩吗?当初说做朋友的时候是这个理由,上次是，这次还是，就算是狼小孩的故事里面也没有人会不厌其烦地听你说三遍的。"

何霜繁忽然很认真地解释道："关卿，我没有骗你，我们是不一样的，从出生开始就注定的区别。"

关卿固执地觉得那只是何霜繁的借口，于是逼问道："好，就算是不一样，那你说我们到底哪里不一样了？"

见她这么执着，何霜繁只好一把拉过关卿的手贴近自己胸前："你听到了吧，是不是觉得我的心跳比你慢？不在你面前的时候，我连心跳都感觉不到，现在知道我们哪里不一样了吧，这样像行尸走肉一样的身体，连它到底是什么状况都不知道，也不知道会不会下一秒就死了，你觉得这样我们还能够继续下去吗？"

关卿当然感觉到了何霜繁平缓的心跳，平缓到还不到正常人的一半，整个人怔在那里不知道说什么。她从来没有想过，原来何霜繁一直没有和自己开玩笑，他和我们是不一样的，甚至说，很不一样。

她呆愣愣地看着何霜繁，没有任何动作，甚至连呼吸都静止住了一样，让何霜繁有些后悔自己告诉关卿这些，犹豫要不要把关卿的这段记忆删除掉。

忽然，关卿淡淡道："我知道了。"

一句我知道了，让何霜繁本来打算放在关卿额头上的手，不由得缩了回来。

　　望着关卿失望离开的背影，何霜繁只觉得胸口闷得很痛，像是吃了大蒜之后，压着喘不过气来的感觉一样，甚至差点忍不住迈出步子想要去挽留她的离开。

Chapter.17 ──
借酒消愁对你是没有作用的。

关卿从来没有想过,何霜繁那个坚定说绝对不能在一起的理由,竟然会是这样的情况,让她意外、惊吓,甚至让她慌乱得有些不知所措,内心烦乱得像是揪在一起的一团乱麻。

就连自己是怎么离开酒会,又是怎么回到公寓的都不清楚了。

忙得一团乱的顾安静等发现关卿不见了已经是在酒会快要结束的时候了,得知关卿是追着何霜繁出去之后,大概也想到后面会发生什么。

她打电话过去的时候,关卿刚好洗完澡,窝在沙发上消化着何霜繁前面说的那些话。

在知道了何霜繁的这些情况之后，说实话，当时的她真的不知道接下来应该怎么做，所以才会在最后的时候避开了何霜繁的问题，只说了一句我知道了。

那我知道了之后呢，从那里回来的时候，她想了一路，一直到现在她都不知道自己到底应该怎么做。

从小到大，她就是班上的尖子生，所有的问题总是能够找到答案来解决，但是这件事情让她有些苦恼，她不是何霜繁，不可能用一句我清醒了过来，打发自己对他的爱。

可是，自己真的能够面对那样的何霜繁吗？她不清楚，甚至说，手足无措。

她烦躁地一蹬腿，结果又踢到了面前的茶几上，疼得她差点惊呼出来。

"卿卿，你没事吧？"顾安静难得大发善心地安慰，让关卿心里莫名一暖。

有事吗？还好吧！

"没有，我只是不小心撞到了……"关卿还没说完，就听到电话那边顾安静不安地喊道："怎么回事，怎么酒杯全在动啊？"

关卿这才反应过来，她这边居然也在小幅度地震动，就在她诧异地想着到底是怎么回事的时候，听见顾安静那边好像有个人喊着"地震了"。

她整个人一个激灵,地震?为了确定消息是否准确,她只好先把顾安静的电话挂掉,主编的电话就紧跟着打了过来,主编说得很简短,大概意思就是距离B市有差不多七百公里外的外省某个地方发生地震了,目前震级和准确地震源都还不清楚,但是记者应该先跟过去。

听到这个消息,关卿给顾安静打了一个电话,告诉她不是B市地震之后,又给家里打了一个电话。没想到关妈妈竟然还诧异地问道:"刚才我被震了吗?我刚从了楼下跳完广场舞回来,还没有缓过来。"

关卿听着那边节奏感极强的声音,自我安慰道,没事就好。刚打算挂电话,就听见里面关妈妈呼唤道:"你是不是要跟过去啊?"

"不然呢,难道要我坐在这边看新闻吗?"关卿无奈地反问道。

"也不是不可以。"关妈妈不屑地说,然后提醒,"我知道拦不住你,但是我这两天做的梦都不是怎么好,你自己小心一点啊。"

"知道了,知道了。"关卿被她逗笑,看了看时间,迅速简单地收拾了一下行李,就直接朝报社那边赶过去。

根据主编的描述,现在先和别处的一些记者一起集合,等明天天一亮就直接赶过去,毕竟以现在的情况来说,能够在远在七百公里外的 B 市都有震感,那边的情况可想而知。

何霜繁是在从关卿那边回去等红灯的时候,感到的震感,他的第一感觉就知道是地震,甚至来不及细想,本能地掉转车头,又朝着关卿的家开去。

车子刚刚开到楼下,关卿就从楼上走下来。见到关卿背上的那个大包就知道,她可能要去地震现场,明明心里很担心,但是却不能够有任何的行动,甚至连一句路上小心都不行。

原来这就是心痛的感觉,何霜繁下意识地伸手摸着自己左胸口,眼神黯然。

何霜繁一直看着关卿上车,看着她下车,看着她进了报社的那栋楼,才掉头回去。

他其实不止一次在这样的晚上将关卿送到家里,只是不知道为什么,这一次他会觉得胸口这样闷,闷到喘不过气来。

陆怀从顾安静那里回到医院的时候,发现何霜繁竟然偷偷把自己藏在办公室最隐蔽处的红酒拿了两瓶出来,一个人在那儿猛喝。

看着自己都舍不得喝的红酒就这样被何霜繁糟践了,内心是崩溃的,明明味觉系统不完善的人,为什么要在这种时候浪费自己好不容易从老爹那里偷来的两瓶好酒。

他冲过去,抢过何霜繁手中的酒杯,仰头一口喝光之后,飞快地抱起桌上还剩了不到半瓶的红酒,警惕地看着何霜繁,质问道:"既然喝什么都是白开水的味道,这种好比琼浆玉液般的珍品你为什么还要浪费?"

看了看何霜繁的表情之后,陆怀嫌弃地说:"你不会想用失恋来作为理由吧,我失恋也舍不得喝这个啊,我都是喝二锅头的呢。"

何霜繁盯着陆怀怀中的红酒,淡淡地说:"还没有到达失恋这个地步,我不过就是觉得这里难受。"说着指了指自己心脏的位置。

不知道为什么,这样的言语,加上何霜繁手上的动作,陆怀会觉得何霜繁好像是在和自己撒娇。

这样的感觉让陆怀打了一个冷战,虽然平时自己觉得板着脸的何霜繁比较好玩,可是现在的情况来看,何霜繁不会是……打算放弃关卿,来找自己吧!

得知这个答案的陆怀不免觉得四周凉风乍起,摇了摇头告诉自己不要胡思乱想之后,立马正襟危坐地坐在何霜繁面前,对他说道:"借酒消愁对你是没有作用的,你倒不如去围着B市跑上一圈,然后看看会不会虚脱到休眠,到时候我只要定位一下你的手机,然后找到你把你抬回来就可以了。"

说完陆怀觉得自己的方法简直完美，然后看了看手中的红酒，暗自在心里对它说道：放心的，爸爸一定会保住你们的。

何霜繁看了他一眼，然后风轻云淡地说道："没用的，你不是没有看到我的车子吗？我刚刚是从家里跑过来的，用时两个小时不到。"

听到他的回答，陆怀就差没有把下巴掉到地上了，尴尬地舔了舔嘴唇，艰难地抿嘴一笑，心想：爸爸已经很努力地想要保住你了，但是对手好像太过强大，你告诉爸爸，现在应该怎么做？

就在这种时候，顾安静打来电话，语气迷迷糊糊。

这时候一个男人的声音传进陆怀的耳朵："虐猫狂先生？你可能要来警察局一趟，这边有个人一直叫着你的名字。"

虐、猫、狂？陆怀不解地看着手机，明明显示的是顾安静的电话号码啊，他给自己的备注居然是这个？

想到这里，陆怀觉得自己有必要过去好好地和她探讨一下，自己是一位伟大的医生，救活过多少小动物，怎么能够这么随随便便地就侮辱自己名声呢。

陆怀现在完全顾不得怀中的红酒，将它往桌上一丢就直接冲了出去，飞快地冲上车就朝着警察局开去。

他一走，何霜繁就拿过桌上的那瓶酒，朝陆怀离开的方向看了看，然后拿过来，毫无压力地一口气喝了一大半。

见到顾安静的时候，发现顾安静正抱着警察局的椅子叫着各种男人的名字，时不时地拿着陆怀和他们比较。陆怀听着只觉得一股火就直接冒上了心头，想着一定要捡一个完全没有人的地方，好好地和她解释一下。

冲过去将顾安静从椅子上提起来，拉着就往外面走，他还没见过每次喝醉都会往警察局跑的人呢。

顾安静还不知道拖走自己的人是陆怀，双手双脚硬拉着椅子不肯放手，嘴里喊道："韩俊，你不要这么鲁莽，就算我拒绝了你，但是你也不能对我这么粗鲁，说好的君子风度呢？喝酒就喝酒，别给我耍花样。"

韩俊？谁？

陆怀不解地盯着眼前的顾安静，不管三七二十一，直接叫了两个警察过来帮忙，将她扛上了车上。

被毫不温柔地丢到车上之后，顾安静又不满地埋怨道："该死的李勤，不要以为我就会屈服在你的淫威下，我都说了我们是不可能的，不过我们还是可以做酒肉朋友的，来，干一杯。"

李勤？又是谁？

陆怀不管顾安静，坐在驾驶室纠结着，到底是帮顾安静找个酒店，直接扔过去，还是将她送回家，可是她家又在哪里啊？

陆怀毫不客气地拍了拍顾安静的脸："喂！你家在哪里

啊?"

只听见顾安静将身体坐直,然后大声喊了一大长串的地址后,又瘫软在了座位上。陆怀不满地皱了皱眉,帮顾安静绑好安全带,开车去了那个地方。

几经周折,终于将顾安静送到了家里之后,刚想离开,就发现好像脚上驮着一个千斤大石一样,完全迈不动脚,一转头就看见顾安静趴在地上,正抓着自己的脚。

这时候,顾安静叫唤着:"来,我们再喝一杯,看在我们的交情上。"

陆怀无奈地想着自己来明明是为了解释证明自己清白,怎么会到最后变成了这样的状况。

他无奈地叹了口气,蹲下去抓住顾安静的肩膀,发现她一直在喋喋不休。

"安静,你给听好了,我是一个充满爱心的医生,请你不要随便侮辱我。"

"你是在和我说话吗?不要叫得那么亲切,我会误会的,要不我们再喝一杯?"顾安静伸出手推着他架在自己肩膀上的手,一脸烦躁。

自己只是想叫她安静一点,难道这样严厉地说出来的话还会有亲切一说,这简直……

陆怀无奈地看着眼前的人,这个女人喝了酒就是这样子吗?完全和一个疯子一样。他打算转身就走,心想,这种时候自己解释再多她也未必会听进去。

结果转身还没走两步,就听见顾安静蹲在地上,大声地哭喊着,要找人喝酒,说着已经开始翻箱倒柜,然后拦在陆怀面前,举着手中的酒问他要不要一起喝。

本来已经打算拒绝的陆怀,看见了顾安静手中的酒之后,顿时眼睛一亮。虽然他平时不是很喜欢喝酒,但是看到顾安静手中的酒,比起被何霜繁喝掉的酒简直是有过之而无不及啊!

可是,她是侮辱自己职业素养的女人呢!

在美酒和尊严之间纠结了一会儿,又想了一下自己牺牲的那两瓶酒,不知为何明明已经打算迈出去的腿,因为那瓶酒硬生生地给转了回来。

第二天,顾安静头痛欲裂地醒过来,完全没有想到昨天晚上自己做了一件让她悔恨终生的事情。

那时候关卿秉着离开之前也要打个电话慰问一下的原则,给顾安静打了个电话,本来前面都还是好好的,只见顾安静说口好渴要去喝水,结果就听见那边忽然传出一个男人的声音。

"何霜繁,你竟然想要谋杀我。"

关卿猛地愣住了,何霜繁?陆怀,想到这里,关卿下意识地看了看手机上的时间,显示的是早上六点不到,这种时候,他们两个怎么会在一起，莫非……

"顾安静，你好像有些事情需要解释一下。"

这时候旁边的陆怀完全没有意识到顾安静正在和关卿打电话，下意识地想说什么，结果被顾安静翻身直接压在身下，捂住嘴巴。

关卿只听见手机里传来的声音中，除了顾安静在那慌张地解释这里一切正常以后，竟然还夹杂着男人的闷哼声。

想到顾安静居然背信弃义，背着自己找了一个男人。关卿生气地将电话一挂，心里不满地想着，何霜繁抛弃她就算了，现在连最好的朋友都有事情瞒着她了，这个世界就不能多一点点真诚，少一些谎言吗？

而身处另一边的顾安静，在关卿挂完电话之后，烦躁地捶着眼前的男人，嘴上埋怨道："都是因为你，害得关卿已经怀疑了我对她的忠诚。"

被顾安静压在身下，捂住嘴巴的陆怀，艰难地摇着头，在顾安静放开自己之后，好心地提醒道："你难道还想玩火自焚？"

顾安静下意识地看了看自己和陆怀，迅速扯了被子盖在自己身上，慌张地解释："我告诉你，现在生米都煮成了熟饭，别以为我是这么随便的人，我……"

还不等顾安静说完，就被陆怀打断："放心，我会负责的，哪怕昨天的事情，主观情况上看，我也只是受害者。"

"睡都睡了，你居然还有脸推卸责任，你不知道一个巴掌拍不响吗？说得这么勉强好像是我逼着你要对我负责一样。"

"难道不是吗，是谁抱着我一个劲地叫着别人的名字。"

"都说我叫了别人的名字，你竟然还对我做这些，你不会真的喜欢我吧！"

陆怀瞪了她一眼，心想，你要是给我取一个好一点的称呼，我也就不会千辛万苦从医院跑来这里，还失了身，那可是人家的第一次呢！

不过看到顾安静那副完全不在乎的样子，他就想，难道都这样了，还想有人会这么什么都不留下地离开吗？于是，他干净利落地起身，穿好衣服。

"你不会真的打算想要对我始乱终弃吧！"顾安静看着陆怀的动作，诧异地问道。

陆怀无奈地说："难道你打算我们这个样子去领证？"

领证？领什么证？结婚证？

想到这里，顾安静果断地拒绝："不要，我还不想这么快就结束我的青春。"

陆怀好心地提醒："先不说我们需要一个正当的关系来解释这一切，万一我们还发生什么意外，你是想要我的孩子成为私生子，还是说你以为我是那种吃完了擦嘴就走的人吗？"

说着陆怀转身离开,在顾安静整个人还是蒙着的情况下,从家里拿来了户口本,扯着顾安静就去了她爸妈家里,直截了当到顾安静听着那些话都觉得脸红。

没想到顾家二老听陆怀说完之后,立马拍手叫好,高高兴兴地把自己珍藏多年的宝贝户口本交到了陆怀手里。

甚至要陆怀把父母叫出来,领完证之后好高高兴兴地吃顿饭。

Chapter.18——

既然在她身边你能够感
觉到心跳,也许你们就
是命中注定。

关卿显然还不知道顾安静已经在她不知道的情况下,背信弃义地跟着别的男人这样赤裸裸地背弃了她们两个定下的,彼此要陪着对方直到对青春厌倦的那一天的诺言。

因为灾情太过严重,关卿他们一行是因为还测量不出震级的情况下,进了灾区,可是因为强度很大的余震,导致唯一一条本来还可以通过的山路也封住了,关卿一行人全部都困在了灾区。后面的记者包括救援人员全部都被堵在了路上,完全进不去。

困在里面的关卿就更可怜了,每天除了到处跑了解里面的情况,最大的苦难就是找到有信号的地方,将全部东西都传输出去。

好不容易找到一个有信号的地方，结果消息还没发出去，就发现空间朋友圈里全是@自己的消息，关卿高兴地心想：原来自己在这里因为灾情四处奔波的时候，大家还是关心自己的。

结果点开一看，全是说"顾安静居然结婚了""顾安静闪婚什么时候会离"之类的，要知道，顾安静可是有一个星期换了三个男朋友的女人。

关卿气愤地给顾安静打了一个电话，先不说她背叛了自己，重点是，她看着那个男的怎么觉得这么眼熟呢？

顾安静本来就处在郁闷期，看着手中的结婚证恨不得丢掉，接到关卿的电话之后，立马换了个姿势，跪在沙发上，不等关卿开口，就直接解释道："卿卿，你要相信我是不会这么简单地背叛你的，这一切的发生我自己都还没有缓过来呢。"

"你和陆怀到底是怎么回事？"关卿拣着重点说。

说起陆怀顾安静只觉得内心崩溃，立即哭诉："那天我喝了酒，不知道怎么回事又去了警察局，然后不知道怎的陆怀就来了，接着就到了我家，醒来后就是那个样子了。"

听到这里关卿大概也知道是什么情况了，鄙视一下她，顺便趁机说自己现在正在失恋期不方便和她聊天，让她什么时候用红包慰问一下自己，便急急忙忙地挂了电话。

等东西都传出去之后，发现孟梓烨也找来了，关卿刚想说把这里的东西收拾完就回去的,但是没想到忽然一阵余震,关卿一下没踩稳直接从上面滚了下来,幸好孟梓烨眼疾手快地抓住,才没事。

两人迅速离开了这里,赶紧回到休息室去,放下手中的一些东西,关卿想到刚才的余震,打算去看看周围的情况,却被孟梓烨拉住。

"关卿姐,你已经三天没有睡过一次,要是后面还有什么事情,我来吧,你至少休息一下。"

"没事的,现在到处都是人员伤亡,我们最重要的任务就是将这里面的情况以最快的速度传达出去,好让救援能够快点进来。"关卿完全不顾孟梓烨的拉扯,又直接冲了出去。

陆怀看着一直蹭在自己家里看电视的何霜繁,烦躁地踢了一脚,嫌弃地说:"现在我已经成功将你从我的后宫踢出了,不要再这样毫无节制地召唤我了,我又不是你的神兽。"

何霜繁看了一眼他,认真地说:"你知道我从来不看电视的,我家的电视已经有三年没有交费了。"

看着眼前的何霜繁,陆怀只想说一句,自己这是造了什么孽,先不说顾安静反应过来发现已经和自己名正言顺之后,屏蔽了和他有关的所有事情不说,现在连自己家里居然还被人侵占了。

"那也不是你蹭在我家的理由,你知道万一顾安静来的话,会很不方便的。"陆怀得意地说着这个看上去很正当的理由。

只是何霜繁连看都没有看他一眼,不屑地说:"她要是来找你,我待在这里你应该更安全。"

听到何霜繁这么说,陆怀忽然想到,顾安静发现自己手中那本结婚证之后恨不得扑过来将自己撕碎的表情,忍不住打了一个冷战,然后不悦地嘟着嘴,毫无力道地反驳道:"顾安静真的会这么狠毒,谋杀亲夫吗?"

"你死后,婚姻关系就会自动解除的。"

虽然一直知道何霜繁一向毒舌刻薄,但是没有想到,居然在自己这种危机的情况下,还要来气自己,要不是因为干柴烈火,酒后乱事,要不是自己善良单纯,如今也不会这么早开始过拖家带口的日子啊。

要知道自己本来还以为能够再潇洒浪几年,现在倒好,还没开始浪,就已经变成了如今这副模样,重点是,自己就连找个好朋友诉苦的机会都没有。

然而何霜繁不但没有理解他那给羊驼践踏过的内心,反而悠然自得地命令着:"陆怀,出去买个午餐,都已经快一点了。"

"凭什么?"陆怀几乎是吼出来的。

"我不想错过什么。"

本来陆怀还想仗着一时火气爆发一次的,但是在看见何霜繁冷冷射过来的目光之后,只好畏畏缩缩地小声答应道:"我现在就去。"但心里还是倔强地想着,要不是看在你失恋的份上,我一定把你从我家扫地出门。

陆怀一出去,就看见顾安静慌慌张张地朝这边冲过来,速度之快把他吓了一跳,本来已经迈出去的那只脚,都因为她的到来,而胆怯地缩了回去,迅速关上门。

他一脸忧伤地跑过去,抱着何霜繁委屈地哭诉:"看来今天我们就要在此诀别了,你不要觉得是我不够爱你,而是我已经没有办法控制自己是不是能够活着一直爱你了。"

何霜繁嫌弃地使劲推开他,朝门的方向看了看,心里大概猜到了是什么情况,淡淡地说:"不要挡住我看电视。"然后摆了摆手,示意他站到旁边去。

陆怀不可置信地看着何霜繁,先不说自己对他一直那么关心友爱,就冲自己一直为他检查身体,一直兢兢业业为他保守秘密这种事情,不是也应该在这种危机时候帮助自己一下的吗?

紧张地盯着房门,紧接着就听到门锁转动的声音,吓得陆怀直接躲了起来。

顾安静一冲进来,就直接开始满屋子找陆怀,转了一圈,不知道是陆怀太不显眼的原因,还是他藏得太好了,总之,顾安静转了一圈也没有看见陆怀,终于发现了一直坐在沙发上看着电视的何霜繁。

她直接冲过来,板着脸问道:"陆怀呢?"

何霜繁并不打算替陆怀隐瞒,毕竟两边都是自己认识的人,重点是,顾安静可是关卿的好朋友呢。

"这里。"只见他伸手指了指自己旁边毯子下面拱出来的一团。

已经被何霜繁出卖的陆怀,只好闷闷不乐地从毯子里出来,然后看着顾安静,一句老婆刚要破口而出就被顾安静一眼给瞪了回去。

只见顾安静将茶几上的东西往两边一扫,直接坐在了中间,对着何霜繁和陆怀说道:"关卿受伤了。"

"受伤了,受了什么伤,严不严重?"何霜繁吃惊。

这些话几乎全是脱口而出的,就连一旁的顾安静都被吓了一跳。

"我怎么知道,我也是刚刚得到消息,现在正在托朋友打听呢。"

就在这时候,适时地有电话打进顾安静的手机,顾安静本能地接起电话,脸上的表情因为对方的话语,而变得越来越凝重。

何霜繁下意识地一惊，就连手里的遥控器都差点被他捏出了声响。

果然，还是受伤了，明明就这么不让人放心，却偏偏还要干着这种最让人担心的职业。

何霜繁本能地想要冲出去，想着不管现在的情况多么不好，至少可以让她待在自己看得见的地方，但是，想到自己的身体，想到自己先前说的那些话，何霜繁只好忍住，手只是将手中的遥控器握得更紧了。

"还好，只是因为工作劳累导致的昏迷，现在已经醒过来了。"顿了顿，顾安静又说道，"不过以后还会发生什么事情，就不知道了，毕竟那个地方本来就很危险。"

顾安静摆明了这句话就是说给何霜繁听的，一旁的陆怀听到这句话赶紧看向何霜繁，他可是最了解何霜繁对关卿是一个什么样子感情的人，虽然自己之前一直不知道怎么劝何霜繁，何况何霜繁说话的态度这么强硬，不过这不代表顾安静就不会说啊。

就在大家都满怀期待的时候，何霜繁居然只是淡淡地说了一句："这种事情有必要来这里通知我吗？难道关卿没有说我们已经断了联系了吗？"

顾安静本来还想说什么的，但是没想到何霜繁居然直接关了电视，去了陆怀的房间，离开的时候，还忍不住挑衅地冲顾安静说道:"你们自己一大堆事情,就不要来管我。"

看着何霜繁的背影,顾安静猛地扑到陆怀怀里,然后一脸得意地说道:"我们完全就是一对没有矛盾的新婚夫妇,你不要随意污蔑。"

陆怀看着自己怀中的顾安静,忍不住柔声呼唤道:"老婆。"

只见顾安静嫌弃地从他身上跳起来:"不要随便叫,我还没有答应嫁给你呢,还有,你最好给我搞定何霜繁,否则……"

后面的话,其实顾安静还没有想好,不过陆怀早就已经一脸委屈地点了点头,说道:"我保证我会尽力劝他的,不过地震这么危险的事情,万一何霜繁……"

"那我家关卿就不危险了?"顾安静眯着眼睛,凶狠狠地提醒着。

陆怀只好委屈地撇了撇嘴,目送着顾安静离开。

顾安静一走,何霜繁又从房间里面出来,在沙发上坐下之后,捡起沙发上的遥控器,想要开电视,才发下原来遥控器居然因为他前面太过用力给弄坏了。

他只得坐在沙发上,然后闷着不说话。

一旁的陆怀早就已经将他的动作尽收眼底,幽幽地在一旁说道:"既然这么挂念着,为什么不直接过去呢?"

"你以为……"那句你以为我不想去几乎就要破口而出,

最终何霜繁还是忍住了,将头转到一边不再说话。

陆怀其实也挺想撮合他和关卿在一起,不然之前也不会和关卿说这么多,但是,何霜繁说的那些理由,又让他没办法反驳。

"何霜繁,你有没有想过,既然在她身边你能够感觉到心跳,也许你们就是命中注定,说不定和关卿在一起你就可能会变得正常呢?"过了很久之后,陆怀才小声地劝慰道。

可是陆怀说完了很久之后,何霜繁也没有回答,久到陆怀都以为何霜繁是不是睡着了,才听到何霜繁沉声道:"如果说,一个手术的胜算只有1%,在对方不知道的情况下,你还会给顾安静做这个手术吗?"

陆怀被何霜繁的这句话弄得不知道怎么回答,就算顾安静和自己不是现在这种关系,这种只有1%胜率的手术任何人都不愿意做的,可是……

"不会吧,那我又怎么能够将关卿的幸福赌在这上面,明知道自己可能随时睡过去就醒不过来,凭什么还要给她留下这样的伤害。"

陆怀反驳:"可是当年伯父和伯母不是也在一起了吗,而且听说当时他们在一起的时候大家纷纷都表示很羡慕呢。"

何霜繁拿起桌上的那杯水,猛地喝了一大口,然后闷闷地说:"当年父亲和母亲在一起的时候,也想过我可能会是这副样子,但是因为两个人太喜欢了,喜欢到以为可以承受任何的困难，可是最终父亲不还是沉睡了。而我，竟然是这副样子。"

何霜繁缓缓道转头看向陆怀："难道你也要关卿，像我母亲一样，辛辛苦苦带大一个像我这样的人？"

这些事情，何霜繁一直没有和任何人说过，即便是和他关系这么亲密的陆怀他都没有说起过，所以当何霜繁把这一切的原因都说出来的时候，陆怀忽然一下哑口无言，不知道该说些什么。

一直以来，何霜繁在大家眼里都是优秀的，除了身体和大家可能有一些不同之外，成绩优异，在上学的时候，就已经翻译了几本著名的国外文献，甚至一毕业就被在国外都有一定地位的公司邀请替他们做专职翻译，只是他从来没有想过，何霜繁之所以不去谈恋爱，竟然是有这么大的一部分是这个原因。

"可是，你并没有什么不好。在大家眼里你都是优秀的。"

"那你知道母亲在这些年里是多么担惊受怕吗？每天紧张我这样的情况会被别人知道，紧张我会不会也像父亲一样忽然就醒不过来了，我不希望关卿也变成这样。"

既然何霜繁已经这么说了，陆怀自然不好再说什么，叹了口气，转身出去买东西。

整整一个下午，何霜繁都是一副心不在焉的样子，要知道关卿在那边可是相当危险，指不定什么时候一个余震。

想到这里何霜繁下意识地摇了摇脑袋，阻止自己再想下去，他怕他再想下去，那么先前的所有冷漠就都白费了，哪怕此刻自己恨不得将她困在身边，哪儿都不去，只要看着她安全就好。

　　当天晚上，何霜繁就从陆怀这里开，回到自己家中，看着桌上一堆文件，开始认真地分析，但还是会时不时地神情恍惚，这让他不得不停下手上的工作。

　　接下来的几天，何霜繁都处于失眠期，一躺在床上就会想起关卿会不会有危险，甚至有时候差点都忍不住下去开车直接冲过去找关卿。

　　不过幸好这几天还没有什么事情，加上新闻也都是在说救援人员已经进去了，虽然受灾严重，但是好在消息传达准确、救援及时，情况已经在朝着更好的方向前进了。

　　就在何霜繁以为可以放下心来的时候，忽然看见商场的电视上的镜头，只看见一个记者，原本在现场采访得好好的，忽然遇到一阵余震，然后眼前的画面一阵晃动，接着听见里面记者惊呼一声，紧接着镜头拍到那人一只脚压在砖块下，幸好砖块不大，周围还有人，才能够及时救出来。

　　看到这一幕的何霜繁，仿佛透过镜头看见关卿一样，慌张得连收银员找回来的钱都不要了，直接冲出去，什么东西都没有拿，就直接开车，去找关卿。

　　一路上，他完全没有意识到自己的车子已经飙到了一百八十迈，只觉得应该早一点出现在关卿面前，就算遇到危险至少自己能够保护好她。

何霜繁只觉得越来越紧张，就连手都像是在发抖一样，下意识地握紧方向盘，来掩饰自己现在恐惧的内心。他立即给关卿打了个电话，结果发现那边的手机竟然不在服务区。

这时，陆怀打来电话，问道："你在哪儿？"

"路上。"

路上？什么路上，陆怀被何霜繁这个没头没脑的回答弄得有些懵，不会是在去找关卿的路上吧？

"你去找关卿了？"陆怀说的时候，诧异大于质疑。

"嗯。"何霜繁并没有打算隐瞒，毕竟他去找关卿并不是什么见不得人的事情。

陆怀也不好说什么，只好叮嘱："那你小心点，如果可以尽量不要让自己受伤，我觉得你的身体好像正在退化。"

"谢谢。"

Chapter.19——

傻瓜，你只要相信我不会让你有事就好了。

何霜繁翻山越岭，几经辗转才终于将车子开到了离关卿还有将近十公里的地方，前面全是山路车子已经完全开不进去了，幸好他什么都没有带，倒也算得上轻松，可是他什么都没有带，导致一下车，才猛然惊觉，一路上开到这里来的将近十个小时里，他什么东西都没有吃，现在已经饿得胃有些疼了。

可是想到不远处的关卿，只好一咬牙，往前走着。

关卿见到何霜繁的时候，明显一愣，然后不管不顾直接朝他跑了过来，就连摔在地上都察觉不到任何疼痛，只是爬起来的时候，何霜繁已经在她面前了。

她之所以会这样是因为，先前的那场塌方，要不是刚好有个采访临时通知她过去一趟,不然现在恐怕她多多少少会受一点伤吧。

看到那被砸得混乱的营地,关卿只觉得心有余悸。

见到关卿的那一刻,何霜繁才觉得心像是放下去了一样,她没有事,幸好她没有事。

何霜繁看着关卿刚才磕破的膝盖,板着脸训道:"你就是这样让我放心的?"

关卿哪里管何霜繁是不是在训自己,甚至连两个人先前还在闹矛盾这种事情全都抛在了脑后,直接抱住何霜繁,将头埋在他肩头。

何霜繁只觉得肩膀上的衣服瞬间被打湿,看着关卿一抽一抽的小肩膀,就知道她在哭,只好伸手抱住她,宠溺地拍着她的肩膀,嘴里安慰着:"没事的没事的。"

只见关卿已经哽咽得说不出话了,抱着何霜繁好长一段时间还没有缓过来,就在何霜繁以为对方是忽然见到自己太过感动的时候,却听见关卿说道:"我脚疼。"

因为关卿一来就抱住自己,倒是让他一下忘记了她脚受伤的事情,被她这么一说,何霜繁立即想到她刚才摔的那一跤,只见他利落地换了个姿势,直接抱起她,朝一旁临时搭建的一个救助站走去。

关卿只觉得自己身体一个腾空，等反应过来的时候就已经到了救助站了，而一旁的护士还一直盯着何霜繁看，一脸花痴，在给关卿上药的过程中也忍不住打听何霜繁的情况。

"先生，你是哪里人？"

见那护士笑得一脸花枝招展，关卿忍不住腹诽：明明是在救死扶伤的，这种危急时刻居然还有心思在这里花痴，看来以后我们国家的职业资格考试还要加上一点，不准在工作的时候抱有别的心思。

何霜繁自然知道了关卿心里是怎么想的，故意笑着对那护士说道："我是B市人。"

"那您还真是有爱心，这么远居然还跑过来。"

那人家天南地北的都有志愿者过来怎么这么多天都没见夸，他不过刚刚赶到这里你就说人家有爱心了，虚不虚伪啊。

"武警哥哥来了这么多也没见你夸奖啊。"关卿使劲地掐了一下正要回答的何霜繁。

何霜繁只好无奈地冲对方笑了笑，然后一把将关卿抱在怀里，故意问道："请问她的伤严不严重？"

"还好，伤口已经清洗好了。"那护士对何霜繁的态度完全变了，重点是，她下手的动作，比之前更重了，看见关卿在瞪着她之后，迅速帮关卿包扎了伤口，然后照顾别人去了。

那护士一走，关卿就盯着旁边的何霜繁，学着刚才那护士的语气，柔声说道："那您还真是有爱心,这么远居然还跑过来。"

"那也要看看这里有个人让不让我放心,走个路都能摔成这样,还不说别的了。"何霜繁盯着关卿受伤的那只腿，幽幽地说道。

听见何霜繁又说自己不让人放心，关卿只好扁了扁嘴，将头转到一边，闷闷地说："不是说不要再有联系了吗，你现在来做什么？"

"没办法,不知道前面是哪个人直接扑到我怀里,实在很难拒绝啊。"何霜繁装得一脸无辜地跟关卿说。

可是刚一说话，何霜繁突然弓下身子，脸色惨白，吓得关卿不知所措，连伤口蹭到一旁的架子上都浑然不觉，慌张地问道："你怎么了，何霜繁你不要吓我。"说着说着竟然直接哭了起来。虽说关卿一直都是一个很坚强的人，但是这些天见到的事情，真的差点让她崩溃了，毕竟很少会遇到这样大的自然灾害。

何霜繁俯下身大概过了几分钟，才缓缓地抬起头，空出一只手替关卿擦着眼泪，扑哧一笑，对关卿说："你这样哭，就算有事我也要醒过来替你擦干眼泪啊。"

"什么？"刚才那个样子，哪里只是胃疼那么简单，那脸色，像是随时都会晕过去一样,稍微好一点就在这里开玩笑,难道不知道自己刚才是有多么担心吗?关卿生气地朝何霜繁胸口轻捶了一拳,哪知道,何霜繁竟然虚弱得直接从椅子上摔了下去,吓得关卿立即叫了护士过来,开口就一句"他会不会死啊"。

那护士检查了一下之后,给何霜繁取了两瓶葡萄糖吊上,对关卿说道:"还好,只是长时间没有吃东西,有些低血糖了,没什么大事。"

听到没事,关卿才长舒一口气,然后跟着护士去取了些面包过来。

回来的时候,何霜繁已经转醒,关卿赶紧将手上的那一堆东西一股脑地全递给何霜繁,发现对方手不方便之后,赶紧又赶紧将袋子撕开。

何霜繁还是很少看见关卿这个样子,就连上次自己被刀刺伤的时候,她都没有像今天一样,好像生怕下一秒就看不见他一样。

他只觉得内心好像一下子很温暖,那种在长大之后,已经很久没有感受的感觉,让他又陷进去了。

接过关卿递过来的东西,在对方的注视下吃掉,并不是因为他怕自己不吃的话对方会担心,而是,他实在是太饿了。

关卿板着脸嗔骂道:"早干吗去了,都成这个样子了竟然还有精力和我开玩笑。"

"忙忘记了。"何霜繁本来打算开玩笑的,但是想到关卿先前那么担心自己的样子,只好认真地解释。

看见关卿忙得腿上的伤口又裂开了,何霜繁拍了拍自己旁边的位置,示意关卿过来。关卿显然对何霜繁那个一点都不真诚的解释不是很满意,愣在那里瞪着他。

还说自己不让人放心,那他自己这又是在干什么,本来这些天里,自己都弄得有些精神错乱了,想到要不是因为自己突然被调出去工作,恐怕现在都不知道还能不能够活着,而他竟然一来就给自己一个这么大的惊吓。

看着她一直站在那里不说话,何霜繁用那只空闲的手,一把拉过关卿坐在自己腿上。

关卿本能地想要起来,却被何霜繁狠狠地抱住,她只好出言提醒:"何霜繁你是病人。"

"难道你不是?"只听见何霜繁盯着她的膝盖,幽幽地说道。

关卿这才注意到,原来先前因为何霜繁的事情到处奔波,伤口早就已经裂开了。

何霜繁适时地唤来了护士,重新帮关卿上了一次药,只是那个坐在何霜繁腿上的姿势,着实让关卿有一点点害羞,恨不得找个地洞钻进去,只好将脸使劲往何霜繁怀里藏,却没有发现,这样更加让人觉得暧昧。

  这次来的是一个年纪比较大的护士,见到两人这样忍不住轻咳一声,何霜繁只觉得怀中的人脸一下红到了脖子,宠溺地摸了摸她的头,弄得关卿更加不好意思,艰难地伸出手去拍何霜繁的那只手。

  那个护士,给关卿上完药之后,没好气地说道:"真不知道这些年轻人是来干什么的,觉得这是谈恋爱的时候吗?"

  关卿猛地抬起头,看着那个护士离开的身影,极力想要冲上去告诉对方自己是一个记者,一个有责任心的记者,不过想到前面发生的那一幕,只好转头瞪着何霜繁,不满地说道:"都是你,让我整个高大伟岸的人生变成了这副模样。"

  "先前没有我的人生你好像也没有多好。"

  在关卿就要出手揍他的时候,他故意伸手捂住胃,一脸痛苦的表情,吓得关卿差点以为他又不舒服,仰头就想叫护士。

  何霜繁只好捂住关卿的嘴,解释说自己其实没事。

  等何霜繁吊完两瓶点滴,关卿已经坐在一旁,趴在他腿上睡着了。

  看着关卿熟睡的模样,想到陆怀对自己说过的那句话,的确,连关卿的想法都没有问过,就这样直接将她踢出了自己的世界,对她确实很不公平,可是……

不知道什么时候，关卿已经醒了过来，看着何霜繁一个人在那儿冥思苦想，想到之前何霜繁说的那件事情，情绪有些失落。

虽然上次何霜繁已经和自己说得很清楚了，甚至给了自己一个完全无法反驳的理由，她也知道了何霜繁在考虑着什么，只是让自己就这样放下显然不是很可能。

何霜繁显然没有注意到关卿的情绪变化，发现关卿醒了之后，问关卿现在去哪儿。关卿说新的安置区已经搭建好了，不过过去的话至少有两里路。

他什么话都没有说，直接蹲下身子，示意关卿到自己背上。

关卿本来是有些不愿意的，毕竟何霜繁刚刚也晕倒了，可是何霜繁直接一句："不想脚废掉的话，就赶紧上来。"

趴在何霜繁背上，关卿想起在叙利亚的时候，何霜繁因为知道她在那儿，连通知都没有通知，直接就飞了过来，那个时候，两人的关系还没有那么亲密，甚至只是见过几次面的朋友。

后来问起何霜繁为什么会过去的时候，何霜繁说是因为担心她一个人在那个地方会发生点什么，那么现在，他匆匆忙忙地从 B 市赶过来，也是在担心她吗？

想到何霜繁因为赶过来，竟然连饭都没有吃，关卿就觉得鼻子一酸，眼泪唰地就流了下来。

何霜繁明显感觉到一滴泪滴在他脖子上,顺着脖子滑了下来。

因为不好转头的原因,何霜繁只好出声问道:"怎么又哭了,我这不是在这里吗?你看着也不像是怕黑的人啊。"

关卿这才反应过来自己竟然哭了,下意识地摸了摸脸颊,胡乱地擦了一下,倔强地说:"我哪里哭了,不过是因为你没把路带好,风吹进眼睛里了。"

"关卿,你不知道这种烂借口,现在的小孩子都不会用了吗?"

"我又不是小孩子。"关卿仰着下巴,得意地说。

何霜繁轻笑一声,没有再说什么。这样长久的沉默让关卿忽然有些晃神,想到他们两个的事情……

关卿将脸贴着何霜繁的后背,看着一旁的废墟,虽然没有月光路灯,没有香樟柳树,但是关卿还是希望这条路可以长一点,毕竟回去之后,两人可能真的要分道扬镳了。

这样的伤感,何霜繁也不是没有,想到关卿在自己身边的日子,自己开始会为一个人担心,会因为对方的一个笑容而感到满足,会因为对方受伤而担心难过,只是,这样的事情,以后恐怕都不能够再次体会了。

其实做一个正常的人的感觉,一点都不差,会知道什么时候是痛,什么时候会难受,会翻来覆去睡不着觉,尽管也会出现很多始料未及的变化,但是从来不觉得那是一件很糟糕的事情。

难怪父亲也会贪恋这种幸福,贪恋到没有了理智,所以才会想要生活在这里,留在爱的人身边。

只是他不能够这么自私。

就在这时,关卿忽然开口问道:"何霜繁,我们现在到底是算好朋友还是偶然遇到的同乡?"

何霜繁听到她这么问,忽然有一瞬间的失神,忽然回答道:"就只是关卿和何霜繁。"

就只是关卿和何霜繁吗?那回去以后呢?剩下的事情,关卿再问下去,她害怕何霜繁会突然说出自己不想听的答案。

顾安静打来电话的时候,关卿正好在和何霜繁联系,因为这次受灾严重,这种震源地区,除了国内的武警,还来了一些带着高科技的设备和国内外有经验的志愿者。

至于何霜繁,自然而然地就申请了一个翻译的工作,看着何霜繁流利地说着各国语言,关卿在羡慕的同时,也暗生佩服。虽然在叙利亚的时候就已经见过了何霜繁的语言能力,但是没有想到竟然这么厉害。

"关卿啊,听说何霜繁已经追随你浪迹天涯了?"

听到顾安静的声音,关卿只觉得亲切,但想到自己在这里忙东忙西折腾得半死，顾安静居然还在家里结了一个婚，简直不可原谅。

"你的消息有些慢。"关卿嫌弃地说道，"不过你在家里吃香的喝辣的，你们家那个赞助计划，怎么还没有到，我都已经有一个星期没有吃肉了。"

顾安静好心地提醒道："我们家的基金是用来灾后重建的，你，不属于我的能力范围之内。"

关卿只觉得自己交了这样一个损友，肯定是上辈子毁了银河系。

"那没什么事情我就挂了，还有，你结婚那个事情就等着回去的时候我来收拾你吧。"

一说到这里，顾安静见机行事，直接晃着电话说自己的信号不好，让关卿气得差点直接摔了手机。

关卿躺在帐篷里，因为脚受伤的事情，何霜繁已经命令自己只能待在这里，待到关卿都快以为自己发霉了。

正打算出去的时候，何霜繁正好进来，端着一碗泡好的方便面，这已经是关卿来到这里之后，每天固定的午餐了。这还是好的，想到之前道路没有修通的时候，他们差点就要吃野菜了。

关卿接过何霜繁递过来的方便面，觉得自己就是千辛万苦来到这里，和大家来争夺口粮的一样，于是出言问道："今天的情况是怎么样的？"

"国际救援部队，今天上午共在周边近二十个小地方，救了 32 个人，虽然救上来的人不算太多，但很多都是比较困难的地方，帮了很大的忙。"

何霜繁将自己知道的情况直接说了出来，顺便将关卿的录音笔还给了她，这就是关卿答应在这里养伤的条件。

利用何霜繁本身的优势，在自己腿脚不方便的时候，帮自己了解周边的情况，然后再由自己将这些消息告诉报社。

"下次麻烦交一些比较有意义的独家出来，你这些消息，就算是第一时间传达到我这里，等我返回到社里面的时候，也都已经变成了旧新闻了。"接过何霜繁手中的录音笔，关卿一边吃着泡面一边不乐意地点评着。

关卿听着那些交上来的东西，除了英语能够多多少少听懂一点，但是那些浓浓的口音，还是让关卿听得有些费力。

这种时候，利用和剥削身边的有能力者，这是顾安静教给她的最简单的方法。何霜繁倒是没有说什么，好像在这里，不管关卿提什么要求，只要自己能够做到的，基本上都会同意。

这倒是让关卿觉得何霜繁是因为回去之后，两人会再次回到那种不再见面的情况，所以做的弥补。

三天后，关卿那只摔伤的腿已经差不多完全结痂了，何霜繁才放心关卿出去。

接到关卿电话的时候，何霜繁刚好跟着那只国际部队将这边的事情忙完。

"何霜繁，你叫那边空着的人全部过来，这边好像遇到了很难的问题。"关卿说的时候，完全没有感觉到自己的声音都已经在颤抖了。

反倒是何霜繁，听到关卿的声音，吓了一跳，连忙问道："关卿，你怎么了，没事吧，我现在马上就过来。"

"放心吧，我没事，不过这边情况有些危险，不知道怎么了好像这边有栋楼里全是小孩子。"

一听关卿没事，何霜繁才算松了口气，连忙和这边的人说了一下关卿那边大致的情况，便带着他们马不停蹄地往那边赶过去。

何霜繁跟过去一看，就看见关卿在那里奔波着，完全和那些志愿者融为了一体。

何霜繁看着他们这边的人，诧异地问道："怎么都是女的，你们这边没有安排男的过来吗？"

关卿解释道："因为情况紧急，她们是后来调过来的，本来只是做一些收尾工作，但是忽然发现这地下好像有很多小孩子。"

"很多小孩子？"何霜繁听到她这么一说，眉毛都快皱到了一起。

"不知道，好像都是一些年纪不大的小孩子，像一个拐卖团伙的窝点，因为地震来得太突然，就只顾自己逃命了。"关卿解释道。

就在两人说话的空当，那边已经开始救援了，只见关卿直接将手上的录音笔找了一个地方随便一装，然后开始用手机直接编辑了一条新闻，发送了出去。

听着何霜繁替他们翻译着之前的一些想法，那些关卿听不懂的卷舌饶舌的单词，何霜繁说得相当流利，甚至连停顿都没有过。

因为何霜繁的翻译，大家很快就达成共识，但是检测的那边传来消息说："里面的人数至少有二十几个。"

"什么？"

不说关卿了，就连一旁的何霜繁都觉得不可思议，因为这里的情况之前也有人说过了，现在上面的那块预制板就像是浮在空中，想要把它从里面弄出来，显然是不可能的，但是不弄出来人又进不去，这个情况到底还是让人头疼的。

关卿看了看何霜繁，只见何霜繁早就已经加入了他们的队伍，因为虽然大家用的都是英语，但还是会有一定的误差，所以，何霜繁在的话大家一般都是在说母语。

和何霜繁认识这么久，除了在叙利亚的时候听他翻译过一些东西之外，别的时候，她对何霜繁的关注其实一点都不算多。

忽然，何霜繁转头看了看关卿，关卿以为是因为什么事情需要帮忙，立马跑过去，结果何霜繁只是揉了揉她的头发。

旁边的那些人自然也知道了是什么，纷纷笑而不语。

关卿这才意识到自己又被何霜繁给耍了，连忙将他的手拿下来，气冲冲地往后面走去，何霜繁眼疾手快，迅速拉住她："就在这里站着。"

还是把她放在自己身边比较安全，至少我还能够在她受伤的时候抱起她，或者，完全不会让她受伤。

关卿只觉得何霜繁现在越来越矫情了，明明两个人都待在一块了，竟然还要站在身边，真是……

救援工作开始之后，便也没有了他们什么事情了，于是两人很识趣地站在一旁，尽量不影响他们工作。

可是随着工作的开展，因为人手关系，关卿他们也纷纷加入了救援之中。

这样的情况是何霜繁最不愿意见到的，但是当看到孩子们都被救出来时关卿脸上露出的笑容，他的心也会跟着一起欢喜，便也不再阻拦。

可是，忽然何霜繁又有些伤感了起来，要是以后自己不在关卿身边，遇到什么危险的话，怎么办？

现在他越来越觉得自己就像是一个老人家，每天操心这个事情操心那个事情，陆怀前天打电话的时候，还说他最近怎么变得那么唠叨了。

就在他还在胡思乱想的时候，关卿已经欢快地跑过来告诉他："何霜繁，好像都救起来了，我是不是很厉害？"

何霜繁笑着，刚想弹一下关卿的额头，结果就听见有人在喊小心，只见一块两米多宽的水泥板，像是失去了控制一般，直接朝关卿这边冲过来。

关卿呆愣愣地望着水泥板飞来的那个方向，整个人都是僵住的，完全动弹不得，哪怕她极力告诉自己，离开这个地方，可脚却像是长在了地上一样，拔都拔不出来。

她只能看着何霜繁将她拉到怀里，然后被水泥板砸中，只听何霜繁闷哼一声，连带着关卿都能感觉到强烈的冲击。

她只觉得耳边嗡嗡作响，好像有很多声音，那些冲上来的搜救队员的声音，慌张地呼唤着他们俩名字的声音，以及……

关卿忽然觉得头痛，像是有什么东西想要破土而出一般，快要炸掉的感觉。

在那些杂乱的声音中，关卿似乎还听到了枪声，连续的枪声，四周很暗，暗得她看不清任何东西，只觉得自己像是置身在一个陌生的地方，而四周全是枪声，不知道从哪里射过来，直到忽然她感觉有人扑倒了自己,就像刚才一样。

关卿猛地惊醒,看着死撑着不让石板压下来的何霜繁,只听见何霜繁对她说:"赶快出去。"

她这才注意到,何霜繁竟然用身体为她撑起了一个屏障,让她免受伤害,可是……她感觉到手上湿漉漉有些黏,第一时间便想到了那是什么,看了眼何霜繁正在流血的腰部,只觉心惊肉跳。

"何霜繁,你没事吧?"说这句话的时候,关卿只觉得好像有些什么东西像是梗在喉咙里,哽咽得厉害,原来不知道什么时候,她就已经在哭了。

"傻瓜,你只要相信我不会让你有事就好了。"何霜繁半开玩笑地说着,却因为后面的水泥板导致一口血涌上来,让他轻咳一声。

看着鲜血从他嘴里流出来的关卿,整个脑子像是受到了某种刺激一般,那种比刚才更加强烈的疼痛感从大脑深处传来,甚至让她有短暂的昏迷。

一种熟悉又陌生的场景在关卿的大脑里徘徊,四周似乎传来了枪声,她想要过去看个清楚,却又什么都没有看到。

她能够感觉到好像有人把她抱在怀里,四周的枪声忽近忽远,然后听到谁说了一句,你只要相信我不会让你有事就好了。

这句话怎么这么熟悉,刚刚听说过,不对,不是刚刚,好像是更久远的事情了。

想到这里,关卿只觉得头疼得要命,一些遗忘的记忆像是潮水一样汹涌而至。

紧张的心脏,急促的枪声,莫名的安心,以及渐渐愈合的伤口……

记起来了,是叙利亚,在叙利亚的时候,原来并不是那么顺利,难怪回来的那天,何霜繁看自己的时候总是有些慌张,是怕自己还记得吗?

她记起了当时自己因为看到何霜繁伤口愈合时的不知所措,同时也看到了何霜繁眼神里闪过的慌张,所以他才会那样慌张选择消除自己的记忆,甚至害怕自己怀疑,让所有人都不告诉她。

他原来真的和我们不一样,不仅没有心跳,就连伤口愈合的速度都是。

关卿只觉得自己手被什么东西滴中,只见何霜繁脸色惨白,血还在不受控制地流着,不是会很快愈合吗?自己明明看到过的,现在这个又是怎么回事,怎么还没有愈合?

"何霜繁,不是应该没事的吗?叙利亚的时候都没有事啊,怎么……"后面的话,关卿已经哽咽得说不出来了。

如果说,一开始碰到那种事情的时候有些慌张,那么现在,她甚至有些庆幸,幸好何霜繁和自己不一样,可是现在怎么会……

"傻瓜,你记起来了?"何霜繁一说话,就开始咳嗽,吓得关卿赶紧捂住他的嘴巴,狂点着头,表示自己知道。

看着何霜繁瞬间笑起来的脸,关卿忽然有些恍惚,原来,是真的,他居然救过自己那么多次。

Chapter.20

何霜繁,你不是说,只要靠近就会有心跳啊,现在我们都靠得这么近了,难道你感觉不到吗?

就在这时候,救援人员也互相配合,费力地搬开了那块水泥板,在水泥板离开的那一刻,何霜繁像是泄气了一般,直接扑在了关卿身上。

关卿吓得立即尝试性地推了推他,唤道:"何霜繁,你怎么样,你给我挺住啊,我可不想被顾安静笑话,没嫁出去就成了寡妇,还有陆怀,他一定会冲上来杀了我的。"

可是不管关卿怎么喊,何霜繁都像是睡着了一样,不见有任何动静。

这时,一旁的医护人员过来利落地将他抬上担架,同时也将关卿扶起来。关卿本能地想要追上何霜繁,但是没想到只是小跑了几步，只觉得眼前一黑，然后整个人就直接晕了过去。

关卿一醒来，发现孟梓烨在旁边，赶紧扯住他，问道："何霜繁呢？"

孟梓烨犹豫了一下，想到现在情况不是很好的何霜繁，不知道关卿能不能承受得住，于是含含糊糊地说道："你先好好休息吧。"

"告诉我，何霜繁在哪里？"见孟梓烨避开自己的问题，关卿立即板着脸，态度相当强硬地问着。

见关卿这样，孟梓烨也知道自己是不可能说服关卿在这里休息，只好指了指手术室的方向。他话都还没有说，关卿就已经飞快地冲了过去，甚至连鞋子都忘了穿。

冲到手术室的时候，医生也刚好从里面走出来，关卿立即慌张地问道："里面是不是何霜繁？"

那医生盯着关卿看了半天，然后点了点头，问道："你是他什么人？"

"女朋友。"这几个字几乎是脱口而出的，既然他们的关系已经超过了朋友，自己也已经表白了，应该算是吧。

那医生听关卿这么一说，本来已经准备说的几个字瞬间换了个语气，拍了拍关卿的肩膀，犹豫了一会儿，伤感地说道："节哀……"

关卿终于知道为什么顾安静不喜欢去医院了，以前的她也一直说不想嫁给医生，原来，医生说话真的很让人不爽。

还不等那个医生把后面的话说完，关卿不管不顾推开那个医生，直接冲进了这个临时搭建的手术室，里面一些还在整理现场的小护士被吓了一跳，关卿现在哪里还顾得上小护士，直接扑到手术台前，一把撤掉盖在何霜繁身上的白布。

不可置信地环视着何霜繁全身，不可能的，她明明记得何霜繁的身体愈合能力比一般人都强，重点是，她才刚刚记起那一段，何霜繁怎么能够在这种时候有事。

不会的，不会有事的……

关卿不断地暗示自己，何霜繁本来就没有心跳，所以一般医生不知道也是正常的。

关卿一把握住何霜繁的手，念道："何霜繁，你感觉到了吗，我在你身边，你赶紧有心跳啊，至少给我一个反应，别睡了。"

可是不管关卿怎么喊，何霜繁就是没有一点动静，到最后，关卿直接愤愤地捶着何霜繁，骂道："你不是很厉害吗，不是说你不是正常人吗？怎么可以受了这么点伤就醒不过来了呢。"

随后进来的孟梓烨已经从医生口中听说了何霜繁的事情，看到这一幕的他不知道是该靠近还是应该怎么样，关卿也感觉到了他的到来，连忙慌张地抓着孟梓烨问道："医生骗人的对不对?"

　　孟梓烨还是头一回看见关卿这个样子,有些心疼地抱住她,憋了半天,还是说道:"因为当时的撞击太大,导致何霜繁内脏损坏严重,而且这里的医疗环境你也是知道的。"

　　孟梓烨顿了顿:"关卿姐,你知道……"

　　不等孟梓烨说完,关卿就像是受到了什么启发似的,一把推开他,立即冲回之前的病房,拿起手机找了半天,终于找到了顾安静的号码,立即打了过去。

　　接到电话的顾安静显然有些意外,连忙问道:"关卿怎么了,想我了?"

　　"告诉我陆怀的电话号码。"关卿说得很急。

　　顾安静愣了一下,不免有些疑惑,怎么关卿的语气听上去这么不对劲,连忙问道:"关卿,你怎么了,出什么事情了?你要找陆怀直接问何霜繁不就知道了吗?"

　　对啊,何霜繁肯定有陆怀的号码,自己怎么没有想到这一茬呢。

　　关卿连再见都没有和顾安静说,直接挂了电话,跑去问医生何霜繁的手机在哪里,拿到后,直接给陆怀打了电话。

　　既然何霜繁受伤的时候一定要去找陆怀,那就说明陆怀一定比其他的医生要厉害,对!一定是这样的,关卿忍不住在心里想着。

接到何霜繁电话的陆怀愣了三秒，按理说何霜繁一般不会在外面有事的时候给自己打电话，尤其是现在他还正在关卿身边。

结果电话一接通，还不等他说一句话，就听见关卿直接开门见山地说道："陆怀，怎么办，何霜繁他……"

陆怀被关卿给怔住了，何霜繁的电话怎么会是她拿着，还有医生？怎么回事？何霜繁出事了？想到这里，陆怀赶紧打断道："你慢慢说，何霜繁怎么了？"语气里闪过一丝慌张。

"这边的医生说他……"说到这里关卿停顿了一下，她实在是不愿意相信何霜繁会有事情，他明明说过他和别人不一样的。

于是她话锋一转，直接对陆怀说："你还是直接过来吧。"

陆怀盯着已经被关卿挂掉的电话，心里的恐惧更大了，直接冲出医院，把一旁送文件进来的小护士都吓了一跳，以为又是院长最近新娶的夫人做了什么出格的事情。

一出门，陆怀就迎面撞上了刚好过来找他的顾安静，吓得往后一躲，问道："你来这里做什么？告诉你，我现在还有更紧急的事情，天塌下来也等我回来再说。"

"你要去哪儿？"顾安静自然也是明白人，自然看出了陆怀的匆忙，赶紧问道。

前面关卿给她打电话问陆怀的时候，她就觉得不对劲，因为刚好在陆怀医院附近有点事情，就顺便过来看看，没想到正好撞见陆怀慌慌张张地从医院出来。

陆怀看了看顾安静，显然有些诧异她为什么会出现在这里，要知道，当初她可是发过重誓说要是自己进医院一步，保证这辈子穷死的，于是皱着眉头问道："应该我问你怎么会在这里吧。"

"关卿找你了，是不是那边出什么事情了？"顾安静没有理会陆怀的挑衅，直接切入正题。

"现在还不知道，关卿只是让我过去。"说着，陆怀已经往车那边走去。

只是没想到，他前脚刚坐上驾驶室，顾安静就从另一边打开车门，直接坐了进来。

陆怀不悦地瞪着顾安静，道："我去哪儿你又不是不知道，你跟着来干什么？"

"关卿在那里，我不放心。"顾安静说得理直气壮，然后又闷闷地补充，"何况，我怕在我不知道的时候，变成寡妇。"

陆怀看着她的样子，也知道好不容易两个人的关系稍微缓和一点，不能因为这种事情，又再次陷入僵局，好歹两人还是名义上的夫妻呢。

陆怀赶到的时候，关卿正好在和那些医生纠缠，顾安静看见后，直接冲上来一把推开那些拉着她离开的医生，冲他们吼道："这件事情我们自己会看着办，你们医生难道都已经闲到了这个地步了吗？"

看见顾安静他们赶了过来，关卿那颗悬着的心才终于稍稍放松了下来，这两天因为何霜繁的事情，她连工作的事情都全部交给了孟梓烨，整个人就守在这里，精神也像是受了刺激一样，只要有人靠近何霜繁，就发疯似的大喊大叫。

陆怀示意顾安静照顾好关卿，然后自己直接过去何霜繁那边查看病情，一旁的医生一直在那儿嘟囔着，大致意思就是说，都已经没有生命迹象了，连心脏都不跳动了，怎么可能还活着。

陆怀瞪了他一眼，检查了一下何霜繁的伤势，看了看旁边翘首企盼的关卿面色有些沉重，不知道怎么和她说，虽说自己确实对何霜繁的身体情况是最了解的，但是这并不表示对于他那个没有任何科学依据可以参考的身体，全部都了解。

不过以现在的情况来看，虽然何霜繁身体上的伤口已经在以很缓慢的速度开始愈合，但是以他现在的情况来看，可以会陷入长久的昏迷，也就是说，何霜繁现在最担心的事情发生了。

陆怀示意了一下顾安静，让她劝关卿先去休息一下。

顾安静点了点头，柔声道："关卿，现在陆怀来了，你先去休息一下，这边的事情先交给我们吧。"

就在关卿有些犹豫的时候，顾安静已经不管不顾，直接将她拖走，然后强制性让她躺着先睡一会儿。

　　许是因为他们的到来，关卿倒是没有再怎么执拗，看了眼何霜繁就由顾安静搀扶着离开。她这才发现，这两天忙下来，猛地站起来，头一阵眩晕，竟然直接朝地上跪去，幸好顾安静眼疾手快扶住了她。

　　送完关卿，顾安静看了看躺在床上的何霜繁问道："怎么样，你不是号称医学界的天才吗？看他还有没有救啊。"

　　陆怀不解地看了看顾安静，有些不解地问道："你是想要知道什么？"

　　"反正总不至于一直骗关卿吧。"

　　陆怀盯着顾安静，欲言又止，过了半天之后，才微微摇头，淡淡地说道："你知道的，人类的心跳一旦停止跳动，在医学上就已经判定死亡了，那个医生没有说错。"

　　"所以……"顾安静看了看躺在床上一动不动的何霜繁，不死心地问道，"真的没有任何办法了是吗？"

　　陆怀低头没有再说话，何霜繁说过，只要判定他可能陷入沉睡，或者说是很难醒过来，就让他告诉所有人他已经死了，虽然这个事情做起来不是那么容易，但是以现在的情况来看的话，他确实不得不这样做，不然关卿……

唉……

顾安静自然也不好再说什么，虽然她不了解何霜繁和他的关系到底有多好，但是说出这样的事实，确实不是那么简单的。

"不可能的，你在胡说，你明明知道，何霜繁的身体和别人的不一样。"

不知道什么时候，关卿竟然站在了门口，本来就打算让顾安静等关卿稍微缓和一些的时候说出来的这些话，竟然被她就这样听到了，不免让陆怀一怔。

她知道何霜繁和别人不一样？陆怀寻着她话里的意思，有些疑惑，难道说，何霜繁已经和她说了？

想到这里，陆怀面对顾安静使了个眼色："顾安静，你先出去一下。"

顾安静显然也不知道关卿会忽然来到门口，视线在两人之间来回穿梭一下，担心地拍了拍关卿，半信半疑地出去，完了还用口型示意陆怀注意一下措辞。

看见顾安静出去，确保不会听见里面两人再说什么之后，陆怀才说道："既然何霜繁都和你说了，那我也就直说了吧，虽然他的身体和别人的不一样，但不代表他就是不死之身，所以，准确地说，何霜繁现在就是一个死人。"

关卿皱着眉头看着陆怀，将他拉到何霜繁面前，指着何霜繁的伤口说道："可是他的伤口明明就还在愈合啊。"

"那并不能代表他就没事，虽说心跳不能判断何霜繁的死亡，但是，你也看到了，无论我们做什么他都没有反应，甚至连呼吸都没有了。"陆怀将脸别到一边，虽然他也不想承认何霜繁会死。就像当初他也说过，就算醒不过来至少人还是活着的，但是何霜繁一句，"既然醒不过来，没办法呼吸空气，甚至连自己在哪里，身边守着谁都不知道，到底还算什么活着"给说服了。

是的，一个人活在世上是为了能够感知这个世界，可是如果都没办法感知身边发生的一切，反而让在乎自己的人伤心苦等，还不如说死了，也好过让自己成为负担。

而何霜繁他，大概是不想成为她的负担吧。

"不可能，他身体明明像活着一样。"关卿仍然不敢相信这是事实，瞪着陆怀反驳，"何霜繁和你关系那么好，他都还没有放弃，你怎么能够就这样说他呢。"

"关卿，我是医生，我知道你喜欢何霜繁，但是这种事情，没有医生做得到骗你。"陆怀闭了会儿眼，睁开后先前眼里一闪而过的不忍全然不见。

听见陆怀这么说，关卿怔在那里，看着何霜繁一个劲地摇头不相信陆怀说的那些，也对，换作任何人，都不能接受这个事实。

陆怀安慰性地拍了拍关卿的肩膀，然后转身出去，将这里的空间留给关卿。

关卿看着躺在床上的何霜繁，手指划过他的额头、眼睛、鼻子，到嘴唇、下巴，还是头一次这么细致地看何霜繁。握着何霜繁的手，她硬是不相信何霜繁这么简单就死。

当初在叙利亚的时候，何霜繁明明帮她挡了那么多子弹，连子弹进入身体都没事，怎么会只被水泥板这样一砸就这么严重了呢。

对的，当初被刀刺伤的时候第二天就活蹦乱跳的，怎么会……

不会的！

"何霜繁，他们都是在骗我的对吧，一定是你知道我们回去就会分开，所以故意让陆怀来陪你演这样一场戏的。"

关卿声音哽咽地说着这些，甚至用手拂上何霜繁的左胸，质问着："何霜繁，你不是说，只要靠近就会有心跳啊，现在我们都靠得这么近了，难道你感觉不到吗？"

说到最后关卿都不知道自己怎么哭了，甚至将床单都哭湿了一大片，也不管自己哭得有多难看，一边对何霜繁说着话，一边直接眼泪鼻涕就往床单上糊。

顾安静看到的时候，虽然嘴上在嫌弃关卿怎么能够这么不爱干净，简直给自己丢脸，可到底还是没有过去打扰关卿，甚至连一旁的护士想要过去提醒一下关卿不要随便在床单上擦鼻涕，都还被顾安静给拦下了，她知道关卿现在肯定很难受，虽然关卿之前表面上不说什么，但是她看得出来，何霜繁对于关卿来说是不一样的。

就在大家都想着要怎么样开解关卿的时候，结果第二天，关卿像是个没事人一样，从何霜繁的病房出来后说的第一句话就是，我们直接回 B 市吧。

顾安静看着关卿像是在疑惑她说的到底是不是真的，不确定地问道："关卿，你确定你自己没事？"

关卿勉强笑了笑，对大家说道："我没事的，还是先回去吧。"

顾安静犹豫地看向陆怀，只见陆怀点了点头，示意自己不要再问下去，只得同意关卿的想法，甚至连停顿都没有，随便整理了一下行李，坐着陆怀的车子一起离开了。

一路上，关卿都显得异常安静，顾安静一路上不安地往后探头看了她好多眼了，硬是没看出什么来。

最终还是陆怀拉着顾安静，示意她不要再这样了，免得关卿还以为他们情绪不对。

直到关卿趁着顾安静和陆怀都下车的时候，擅自带着何霜繁离开的时候，大家才恍然大悟，关卿还是没有相信何霜繁会这么轻易地死掉。

　　就在昨天晚上，关卿蒙在被子里想了很久，觉得陆怀说的话很奇怪，虽然和他接触不多，但是他一直将自己的想法往何霜繁死了那一块误导，却并没有直说，何霜繁已经死了。

　　这样的说辞看起来好像是何霜繁事先安排好的一样，就像何霜繁当初说不让自己和他再有联系的时候一样。

　　结合之前何霜繁对自己的一些表现，关卿觉得何霜繁可能早就猜到自己会有这么一天，所以早就通知了陆怀，让他这样告诉自己。

　　也就是说他可能还没有死，而只是醒不过来。

　　关卿也不知道自己为什么会有这么大胆的想法，只是像是有什么人一直在告诉她，何霜繁不可能那么轻易就死掉的，因为，自己才刚刚记起来他救了自己的场景，才刚刚知道了他对自己有多重要。

　　所以，她才做了这么一个冒险的决定，就是自己带走何霜繁，她总不至于真的等着何霜繁被别人带走吧。

　　不，她不能就这样放心的看着何霜繁被别人带走。

　　顾安静一回来就发现关卿不见了，甚至连他们的车子都不见了，立马朝陆怀踢了一脚，不满地抱怨道："都是你，怎么下车连钥匙都不拔呢?"

"那你怎么不看着点关卿啊!"陆怀捂着自己受伤的小腿,小声委屈地辩解。

"你这是在怪我吗?明明就是你的错,我告诉你关卿今天情绪不对,你硬是说可能一下没有调节过来,现在好了,调节过来了?"顾安静急得眼红,伸出手朝着陆怀使劲捶了两拳。

两人开始了这种无休止的争吵,一直到关卿差不过已经将车子开回了B市,两人才不情不愿地拦了一辆的士。

司机看着车上的两人,女孩正在气得狂喝着矿泉水,男生正在小声无奈地讨好着她,像是完全了解一般安慰道:"小伙子,做错了事情,这样解决是不对的。"

"啥?"

"你们还是通知家长吧,自己擅自决定这样的事情很容易出意外的。"

顾安静和陆怀不明所以地看着司机,过了一会儿之后,司机才不好意思地解释道:"你们难道不是决定不要小孩吗?这种事情我见多了,就是你们这种小小年纪的,老是容易弄出这样的问题,也不知道收敛一点。"

陆怀下意识地往顾安静的肚子上看了看,被顾安静一个水瓶砸过来,紧接着就听见顾安静郑重地和前面的司机解释道:"我们是合法夫妻。"

司机也不是什么善茬,看了一眼他们俩之后,总结道:"不像。"

顾安静:"……"

回到 B 市以后,陆怀找自己在警察局的同学,看了自己车子的一些路段监控之后,发现关卿竟然带着何霜繁去了她家。

看来还是不愿意相信何霜繁真的会死啊,听着一旁顾安静在那吵着嚷着说一定要去找关卿算账,陆怀忽然拦住顾安静:"算了,你就由着关卿吧。"

陆怀完全忘记了站在身边的妻子,还不知道何霜繁的特殊体质,吓得大眼瞪着他像是在问,关卿是因为何霜繁神经不正常了,你又是为了什么啊?

看着顾安静那张下巴都快要掉下来的脸,才猛然间想起来,和一具尸体在同一间屋子是多么恐怖的事情,忍不住打了个寒噤,然后笑得很勉强地安慰道:"放心吧,关卿不会有事的。"

顾安静忍不住腹诽:关卿都这样了,你告诉我要放心,这怎么能够放心啊。

关卿好不容易把何霜繁运到了自己家里,为了防止陆怀或者其他人来找自己,甚至连报社那边都直接请假了。

打电话给顾安静的时候,就已经猜到顾安静会劈头盖脸地骂自己一顿，但是想到何霜繁这么多年都没有告诉顾安静，想必也不想让她知道自己身体的异常，所以哪怕顾安静一直在电话那头说关卿是不是最近神经病犯了，关卿也只是受着，然后告诉顾安静自己没事。

说到最后，顾安静只好不情不愿地说："阿姨那边我会帮你先瞒着，你最好什么时候想清楚了，什么时候来见我。"完了之后还不满地抱怨，"真是快被你们弄成精神分裂了。"

"谢谢。"一时间关卿不知道要说什么好，也是，要是她妈妈发现她居然偷着一具"尸体"就走了，现在还和那具"尸体"在一起，恐怕会直接气晕过去吧。

关卿看了看躺在自己床上的何霜繁，忍不住埋怨："看看，都是你，差点让我变成恋尸癖，你最好赶快给我醒过来。"

经过关卿这些天的照顾，何霜繁的身体虽然还是没有心跳，没有呼吸，但是关卿能够感觉到，里面的鲜血还是在低速流动着，就连身上的伤口也都愈合得差不多了。

每天关卿都在和何霜繁说话，从两人遇到的那天，一直说到现在，可是何霜繁还是不见醒过来，到后来，关卿都不知道要说什么了，只是坐在一旁看着何霜繁。

顾安静每天定时打电话来，有时候还会快递一些东西来，知道关卿可能不想在这种时候见到谁，也就没有强求，顺其自然。

Chapter.21 ——
原来他爱自己,就像自己爱他一样。

"喂,关卿,告诉你,今天就算是天大的事情你都要出来一趟。"

接到顾安静电话的时候,关卿并不觉得会有什么奇怪的,但是听见顾安静话里那不容拒绝的语气,关卿只觉得奇怪,这是怎么回事?

还不等关卿多问什么,顾安静又说道:"陪我去一趟医院。"

这下关卿愣住了,一直不喜欢医院的顾安静,竟然会有主动去医院的时候,让关卿怔住的同时不免有些疑惑,忍不住问:"怎么了,你生病了?"

"没有,反正你先下来,我在你家楼下。"

顾安静一说完，就直接挂了电话，关卿看着自己的手机，叹了口气，不情不愿地换了身衣服下楼。

远远地看见顾安静站在车外，看着顾安静已经穿上呢子大衣，才意识到原来和何霜繁待在一起这么久，冬天都开始到了。

关卿被外面的冷风吹得直接打了个寒噤，缩着头朝顾安静走去。

顾安静不知道从哪里又拿出一件厚大衣，裹在关卿身上，然后自顾自地坐在了副驾驶的位置上。

看着顾安静一个人自导自演的这一出，关卿不由得皱着眉头，然而顾安静已经催着她快点坐上来开车。

一路上，顾安静一直提示她，让她注意一点，不要开得太快。

到最后，关卿实在忍不住了，不满地将车子往路旁边一停，烦躁地问道："顾安静，你说到底是怎么回事？把我当司机来使就算了，要求还这么多。"

顾安静看着关卿，不好意思地犹豫了一下，最终缓缓地开口道："关卿，我的好朋友已经有几个月没有来看我了。"

"所以你想表示什么？"关卿显然没有往别的方向去想，心里还在想着，既然觉得病情严重不是应该让自己快点开车吗？

"验孕棒上面有两条杠。"顾安静觉得自己要是再不说清楚一点，关卿可能还一直懵着，真是，这么久不出门，连脑子都开始不好使了。

关卿这下终于明白了过来，盯着顾安静的肚子，眼睛眯成一条缝，她记得前几天顾安静还和自己说她和陆怀还在分居状态，这么快就已经，不对几个月，到底是几个月啊。

在关卿变幻莫测的注视下，顾安静已经不耐烦地催着她开车了，关卿只好决定先将她载到医院，等结果出来，再来严刑拷打。

结果一到医院，顾安静就先腿软了，站在妇产科的门外，畏畏缩缩硬是不敢进去，弄到最后，关卿实在看不下去了，直接冲过去挂号，结果顾安静还说用她的名字。

当医生喊到关卿的时候，她只觉得整个世界都不对了，推了推旁边的顾安静，发现对方竟然坐在一旁睡着了。

顾安静进去了二十几分钟，拿着手里的东西，恨不得将陆怀给撕了，怎么好的不灵，说这种事情就这么灵验。

关卿看了看她手上的检查报告，拉着她直接坐上车子，然后立即给陆怀打了个电话，让他直接过来医院。

陆怀赶过来看着顾安静手上的那份报告，立即告饶道："天地良心，我和关卿可是什么都没有发生，何况，她心心念念想着谁你又不是不知道。"

关卿这才反应过来，用的是自己的名字，赶紧将前面的那件事情解释了，顺便说自己要先回去了，然后开着顾安静的车子就走了。

因为不相信这一切是不是真的，陆怀又拉着顾安静进去做了一次孕检，确定了这个事情之后，直接带着顾安静去了自己家，交给母亲，甚至说，自己以后每天都会准时回家的。顾安静虽然表面上不说，但是心里不知为何莫名一暖。

离开医院，刚停好车打算上楼的关卿被一人拦住，那人看上去和自己母亲差不多年纪，衣着得体，头发梳得整整齐齐，风韵犹存，可见年轻的时候一定是一个美人，关卿恭敬地和她打了个招呼。

只见那人说道："你是关卿吧，我是何霜繁的母亲。"

什么？何霜繁的母亲？虽然听他提起过，但是她怎么会忽然找自己，难道是因为何霜繁？这样想着，关卿不由得心凉了一截。

对方好像也看出了关卿的紧张，微微一笑，指了指不远处的一家茶馆，说道："关小姐应该不介意和我出去谈一下吧。"

先不说对方是何霜繁的母亲，就算忽然窜出一个人说要和自己谈一谈，关卿也会觉得紧张，现在的情况，关卿就差没有吓得腿软了，重点是，她还把对方的儿子弄到了自己的家里。

关卿只好尴尬一笑，然后狂点着头答应着。

对方倒是没有在乎这些，甚至还给关卿倒了一杯茶，吓得关卿大气都不敢出一下。

"其实,也不是什么大事,只是听说霜繁现在在你家里?"

看吧,果然是为了何霜繁来的。关卿紧张地端起桌上的茶喝了一口之后,解释道:"伯母,这个事情我可以给你解释一下,因为当时,情况有些混乱,所以我就自作主张把何霜繁载回了家里,我……"

"我又没有怪你,只是问一下,不过,你真的想好要一直等下去吗?"只见对方优雅地端起桌上的茶,轻抿了一口,淡淡地问道。

这样子不免让关卿想起第一次遇见何霜繁的时候,他也是这样的举动。不过相比何霜繁,何妈妈的说话方式和语气都不像何霜繁一样欠扁,倒是别有一番优雅。

"嗯,我相信何霜繁会醒过来的。"关卿回答得很是坚定。

何妈妈微微勾起嘴角,语气依旧像之前一样,清清淡淡:"不知道什么时候会醒过来,除了身体不会僵硬,甚至连心跳和呼吸都没有,这样等下去可不知道什么时候是一个头呢。"

"伯母,我……"关卿一下子不知道要说什么。

"当年我也以为,只要我一直等,就会等到他醒过来,可是现在霜繁都这么大了,他也没有任何动静,甚至连眼皮都不曾动一下,我这么说,并不是说我不让你和霜繁在一起,而是,霜繁他，要是真的醒不过来，你又要怎么办？"

这……关卿忽然怔住，她真的没有想过何霜繁会真的醒不过来，所以现在被这么一问，她也不知道自己应该说什么，只能愣在那里，不作回答。

何妈妈也看出了关卿的心思，心道：和自己当年竟然有些相像，只是，霜繁啊，你还是快点醒过来吧，不是说不会像你爸爸一样离开妈妈的吗？

从茶馆离开之后，关卿随便吃了几口晚饭，照旧看了看躺在床上的何霜繁，忽然因为他母亲的那番话有些伤感，要不是她提起恐怕她一直都不会想到那里去。

一直以来她想的都是，何霜繁还活着，所以，不能让他就这样离开，但是从来没有想过他可能醒不过来。

关卿坐到何霜繁身边，对何霜繁说道："我今天遇见了你母亲，她好漂亮呢，不过她问我会不会一直等你醒过来。我怎么知道，我会不会等你醒过来。但是，我知道，要是我现在就任由你被他们随意处置，我一定会难过。"

"虽然我知道，陆怀一定不会放弃你，但是你不在我身边，我又怎么能够安心呢，何霜繁，你就是仗着我喜欢你，所以才这样任性不肯醒过来对不对？告诉你啊，陆怀不仅背着你和顾安静结婚了，甚至连孩子都已经有了呢，你要是再不醒，恐怕以后他家的孩子都可以出门打酱油了。"

……

不知道是不是自己一个人在那儿自言自语，所以才会觉得特别累，总之，没过多久，关卿竟然直接趴在桌子上就这么睡着了。

不知道是不是因为下午见了何妈妈的原因，很少做梦的关卿竟然做了一夜的梦，一会儿梦见何霜繁醒了，一会儿又是何霜繁不见了，总之乱七八糟的，导致她醒过来的时候，只觉得头痛得要死，一翻身，发现自己竟然躺在了床上。

等等！她躺在床上，那何霜繁呢？不会还在做梦吧！

关卿直接愣住，往自己的腿上狠狠地掐了一下，疼得直接倒吸了一口凉气。不是在做梦，那何霜繁去哪里了？关卿吓得连鞋子都来不及穿，赶紧趴到床底下看了看，发现没有。

还没来得及站起来，就看在自己面前多了一双脚，顺着看上去，竟然还是何霜繁，不对，他怎么会……醒了？

关卿震惊地站起来，围着何霜繁转了一圈又是一圈，疑惑地嘟囔着："难道我还在做梦？"说完，又朝自己的大腿上使劲掐了一下，疼得直接跳起来。

其实，何霜繁醒过来后，因为看见关卿竟然在自己床边趴着睡着了，就直接将她抱到了床上。

然后，看了一下时间，发现自己竟然在这躺了三个多月，简直……

他下意识地闻了闻自己身上，虽然没有什么味道，但是想到这么多天没有洗澡，还是不能容忍，于是趁着关卿在睡觉的时候，去洗了个澡，结果一回来就看见关卿趴在地上一个劲往床底下看。

关卿抓着何霜繁，问道："何霜繁，你醒过来了？真的醒过来了吗？"语气里充满疑惑的同时，更多的是欣喜和欢快。

何霜繁摸了摸她的头，笑着点头说："嗯。"

虽然他已经这样说了，但是关卿还是很不放心地问道："真的醒了吗？那你有没有觉得哪里不舒服，算了，我们还是去陆怀那里让他看一下。"说完，赶紧随便披了一件衣服，拉着他就直接朝着陆怀的医院赶过去。

本来刚刚做完手术，想着今天也没有什么事情，打算回家陪顾安静的陆怀，忽然看到一旁的小护士赶过来，说有人在办公室等着自己。

他下意识地皱着眉，会直接冲到自己办公室找自己的只有何霜繁，可是何霜繁现在不是应该还在昏迷吗？

难道……

想到这里，陆怀下意识地加快了脚上的步伐，一推开办公室的门，就看见关卿迎面冲过来，直接将他拉到何霜繁的面前。

陆怀直愣愣地盯着何霜繁看了半天,才不确定地朝何霜繁的脸上掐了一下,还没下手,看到何霜繁的那个眼神之后,立马换了个动作,直接扑过去抱住何霜繁,激动地说:"你真的醒了呀,我还以为你真的抛弃妻子了呢,就这么走了呢。"

何霜繁一脸嫌弃地推开陆怀,不满地说道:"不要一见面就扑上来,都说了多少次了。"

这下陆怀更加确定何霜繁已经清醒了过来,这时候在一旁看着他们腻歪了这么久的关卿忍不住提醒:"陆怀,你快去检查一下,何霜繁是不是哪里还有问题。"

陆怀看了看何霜繁,又看了看关卿,无奈地点了点头,明明应该是阖家欢乐的重逢场景,怎么一来就要自己做事,真是一点朋友之间的关爱全都不见了。

虽然心里是这么想的,但是看到关卿不放心的表情,陆怀也只好认命地叹了口气,示意何霜繁跟着自己去,给霜繁准备的那个地方。

本来陆怀是不打算带着关卿进去的,但是看见关卿脸上的不安之后,只能默认了让她跟着一起。

躺在病床上的何霜繁,有一种好像要被凌迟处死的感觉,要不是因为关卿的原因,他发誓自己一定不会这么心甘情愿地躺在这里,让陆怀对自己动手动脚。

陆怀仔细地检查着何霜繁,甚至恨不得每个细胞都仔仔细细地检查一遍。

看着陆怀越来越凝重的表情,关卿连大气都不敢出一下,盯着陆怀,生怕他一下说出什么让自己没办法承受的结果。

到最后,整个手术室里面,就只剩下了三个人的呼吸声,何霜繁不解地看向陆怀,神情也变得紧张了起来。

他还是第一次看见陆怀在给自己看病的时候露出这样的神情,就算是当初发现自己身体开始出现退化的时候,他都没有这么紧张过。

最后,还是关卿实在忍不住,平息了一下情绪,在心里做足了准备之后,谨慎地问道:"怎么样,不是已经醒过来了吗?难道还有什么隐藏的并发症?"

闻言,陆怀抬头看着关卿,一脸认真,欲言又止了半天,弄得最后关卿紧张得差点哭了起来,才在何霜繁狠狠地踢了一脚之后,捂住痛处,坐到一旁,严肃地说:"在我说后面的事情时,我希望你们有一个十足的心理准备。"

关卿本来就很紧张的情绪瞬间被陆怀吊到了最高点,又是期待又是害怕地等待着他接来下会说什么。

结果,陆怀的视线在何霜繁和关卿之间来回转动了几次之后,终于慎重地开口:"何霜繁他的身体,变得有些奇怪,心跳频率每分钟七八十下,伤口愈合速度仅仅只是稍快于正常人,而且,身体各项指标竟然接近于正常人……"

何霜繁听着陆怀说着各种不着边际的话，忍不住打断："别在那里废话，直接说结论。"

陆怀不悦地扁了扁嘴，不情不愿地说道："你好像恢复正常了，要不你尝试一下还有没有别的能力。"

闻言，何霜繁试着想去清除陆怀刚才的记忆，但是，发现根本没有任何作用。他不相信地拿过手术刀，往手臂上一划，若是换作以前，这样不是很深的伤口甚至连血都不会留出多少就已经愈合了，但是现在，除了有丝丝鲜血流出来之外，根本没有愈合的征兆。

关卿显然没有适应何霜繁这么神经病一样的举动，只是在何霜繁伤口流血的时候，赶紧拿着周围的纱布堵上伤口。

这时候，何霜繁要求陆怀给自己进行一个更全面的检查，陆怀同意了，而最后结论还是和之前一样。

也就是说，何霜繁已经失去了遗传自父亲的很多特征，变成了一个普普通通的人了。

得知这个情况的关卿问得第一句话就是："那是不是你就不用待在我身边享受做一个正常人的感觉了。"

何霜繁宠溺地冲着关卿笑了笑，然后拉着关卿就朝外面走去。

陆怀看着两人离开的身影，心里不满地埋怨：竟然连一句谢谢都不说，还真当自己是免费劳动力吗，我的出诊费可是几千上万的呢。

离开医院后,坐在车上的何霜繁决定好好和关卿谈一下关于两人的事情,结果何霜繁还来不及开口,就听见关卿质问道:"是不是以后我们就不要再见面了。"

何霜繁没有回答。

关卿又继续说道:"放心,我也没有一定要纠缠着你,还有,不要对我有心理负担,虽然是我坚持说你没有死,说要等你醒过来,但是我其实只是不想负什么责任,毕竟你是因为救我而受伤的。"

何霜繁转头看着她,依旧沉默。

"不要觉得对不起我,其实我没有你想得那么痴情,在你昏迷的时候我就想清楚了,其实我一个人也挺好的……"

就在关卿还在喋喋不休的时候,何霜繁忽然开口问:"昨天晚上,你最后说的那些话是不是真的?"

"什么?"

"不记得的话,要不我提醒你一下?"

就在何霜繁打算将那些话重新说一遍好让关卿能够回想起来的时候,只见关卿迅速扑过来想要捂住何霜繁的嘴巴,好让自己不要听见那些羞愧的言语。

原来在昨天晚上，因为何妈妈和顾安静的双重刺激，关卿趴在何霜繁的床前，开始有一搭没一搭地说着，说到最后，关卿竟然发着誓说道："何霜繁，只要你醒过来，你要是醒过来，我们就去结婚好不好，总不能落后于陆怀吧。不过你一定不会这么轻易醒过来吧，可是我真的好喜欢你，因为你是第一个愿意为我出生入死的人呢……"

现在想想，关卿只觉得脸红，结果何霜繁现在居然还抓着她的双手，一脸认真地盯着她半天不说话，愣是让关卿只觉得车内的温度瞬间升高，脸像是烧起来了一样，滚烫滚烫的。

终于，在关卿即将坚持不住的时候，何霜繁忽然开口道："其实那些话也是我想对你说的。"

说完何霜繁就放开她，驱车回去。

关卿看着何霜繁认真开车的样子，心里莫名一软，原来他爱自己，就像自己爱他一样。

想到何霜繁以后就只是一个单纯的正常人了，关卿忽然义正词严地保证道："何霜繁，以后我保证一定会好好照顾自己。"

"嗯。"

"那你也不能够再以任何理由拒绝我，或者不理我。"

"嗯。"

"那你会接我下班吗？"

"嗯。"

"那……"

"关卿,我们结婚吧?"

"什么?"

"嗯,明天就去。"

……

——The end

番外一

不会变的话，我只说一遍

与何霜繁的第一次分居是源于何霜繁出差半个月，一开始关卿也以为不是什么大不了的事，可熬到第三天的时候，关卿就已经受不了了。

以前没有和他在一起的时候，该工作时工作，还逛街时逛街，该吃饭时吃饭，好像一个人挺好的。

可现在，何霜繁走了之后，总觉得房间里空荡荡的，好像少了很多东西一样。

尤其是这种时候，顾安静还不清净的发朋友圈，说什么习惯是一个很恐怖的事情，会让你失去自理能力。

关卿看了看堆在家里几天没有洗的衣服，零食包装散放在茶几上,以及房间里几天没有叠的被子。以前这些事情都是何霜繁负责的,现在何霜繁一走,哪里还有当初的半点成功社会人士的样子。

关妈妈到家里看了一眼,硬生生的被这满目狼藉给逼了回去。

关卿守着不成样子的家思考了一夜,终于决定重新找回自己,这样下去简直就是噩梦。

花了半天的时间把家里打扫干净,关卿带着东西直接回了自己之前的公寓,心想:绝对不能再被何霜繁这么引诱下去,不然以后自己就少不掉他了。

怀着将一切罪恶遏制在萌芽中的决心,关卿甚至忍住每天必定要找何霜繁聊天的习惯。

晚上做饭,何霜繁不喜欢胡萝卜,管他呢,我想吃,本来已经打算不买胡萝卜的关卿果断拿起胡萝卜。

睡觉之前,真想有个人给自己捶捶背啊,算了,不捶又不会断,关卿直接盖上被子闭眼睡觉。

何霜繁一回来,发现家里没人,给关卿打电话却被通知她想过一下单人生活。

他原本只是当关卿闹脾气,结果找过去却看见关卿却一本正经的给自己倒了一杯茶,认真的说:"为了更好的适应以后的每次分离，我们分居一段时间吧。"

分居？开什么玩笑，可是看着关卿认真的模样，又不像是开玩笑。

何霜繁沉默了半响，就在关卿以为他即将发火之际，忽然站起来，淡淡的说了一个好字，直接转身离开。

关卿不可置信的看着何霜繁利落的关上门，没有任何停顿的动作，惊讶自己是不是看错了。

他就这么走了？

直到电视里放着的那一集肥皂剧播放完，关卿才真正相信了这个事实，积攒了整整半个月的委屈全都涌上心头，气急败坏的将遥控器狠狠的往沙发上一丢，冲外面走去，嘴里念叨着："我就这么提一提，你就不会拒绝吗？没看见我想你想到连家里都不敢待了吗？"

顾安静睡得半梦半醒的时候，忽然接到关卿的电话，白了一眼睡得半死的陆怀，又看了看自己隆起的肚子，郁闷的给何霜繁打了个电话，让他去自己家的酒窖。

接到电话，何霜繁就已经猜到了大概是什么事情，果然，一进酒窖就看见关卿靠在角落里，像是挣扎着起来拿酒，摇摇晃晃了几步吓得何霜繁迅速冲过去扶住。

关卿见是何霜繁，本来冲着顾安静说的那些埋怨的话，全都收住，顺势倒在何霜繁怀里，任由着他将自己抱到车上。

看着关卿这副样子，何霜繁不满的皱起眉头沉默不语。

回到家，何霜繁给她熬了一碗醒酒汤，关卿蹙眉喝完后，小心翼翼的观察了一下何霜繁的表情，轻抿着唇思虑了半天，终于忍不住开口问道："何霜繁，你有想我吗？"

站在一旁收拾碗筷的何霜繁听到这个问题后，手上的动作顿了一下，面无表情的走进厨房。

关卿不死心的继续问："那你说你为什么这么久才回来？"

何霜繁看了一眼关卿，心想，自己将本来要出差的30天拼命压缩成了两周难道还不够？

见他不说话，关卿气得一跺脚，转身坐到沙发上开始碎碎念道："你都不知道我有多想，却还要忍着，告诉自己不能任性打扰你工作，告诉自己，你只是离开一小会，马上就会回来的，告诉自己，以前一个人过的时候还挺好的。"

"可是何霜繁，我说分居，你居然气都不生一下，就答应了，看到我都醉成这样了也不来安慰一句，以前觉得你是冰块那至少你不是人，现在都变成人了居然比冰块还冰，你说你是不是不喜欢我，反正你也没说过，不然就是你喜欢上……"

别人两字还没来得及说出口，关卿就被收拾完坐在她旁边的何霜繁扳过身来，凑过去一吻。

唇瓣柔软的触感让关卿一愣，瞪大着眼睛看着何霜繁，像是吓傻了一般。

何霜繁好像很是很满意这个效果，但脸上还是面无表情，像是谁惹了他一样，轻咳一声，强调道："不会变的话我一般只说一遍，关卿，我爱你，出差的每一天都在想你，记好了，我不希望这样的问题再出现第二次。"

关卿被何霜繁认真的给逗乐了，一把扑过去抱住何霜繁，满意的一笑，刚准备在何霜繁脸上亲一下，却没想到何霜繁轻笑着将头一转，扣住关卿的头加深了刚才的那个吻。

番外二 ——

我这人向来自私,不愿意和别人分享你的爱。

陆怀家小糊糊出生的时候正好是端午节,本来正在围在桌前吃着粽子的关卿何霜繁两人,被一通电话直接叫去了医院。

到医院后所有人都关心顾安静怎么样,听说生的时候因为一些原因导致不得不剖腹产,差点半条命都没了。

等大家都反应过来,将注意里重新回到小糊糊身上的时候,发现小糊糊已经在何霜繁怀里睡得无比安逸香甜。

众人看着平时冷冷的何霜繁竟然一脸慈祥亲切,纷纷愣在那半天不知说什么好。

关卿还是头一次看见何霜繁这个样子,平时的何霜繁要不是把自己关在书房,要不就皱着眉头好像全世界都欠他钱一样,就连说情话的时候都是一本正经的，哪会像现在这样。

原来何霜繁还是很喜欢小孩的嘛。

最后还是陆怀打破这片尴尬，一把将自家小糊糊夺回手上，一脸挑衅的说："喜欢呀？自己和关卿生去。"

何霜繁下意识的看向关卿，当初两人结婚后的第一条准则就是不要这么早要孩子。

虽说关卿也有二十好几再过个几年也奔三了，但是由于工作原因，两人几乎没有什么时间照顾小孩，而且何霜繁也不希望关卿为了孩子放弃一直喜欢的事业。

就在关卿都以为何霜繁会借此机会说出问自己愿不愿意的时候，何霜繁居然果断的说了两个字，"不要！"

关卿不可置信的瞪大眼睛，刚才明明看到他那么喜欢小孩，怎么会……

难道是不想和自己生？

众人错愕的看向关卿，只见她勉为其难的笑了笑，没有做什么解释，反倒是何霜繁，再次强调道："我们目前还不考虑要孩子。"

关于生孩子的问题，一直让关卿纠结到回家。

坐在饭桌上好几次想要开口，最后却都打住，只能一边叹着气，一边聊奈的戳着碗里的饭，在何霜繁的提醒下，兴致缺缺的吃了几口就放下碗，准备洗漱了。

何霜繁还是头一次见关卿这副样子，趁着她坐在沙发上看电视空档，凑到一旁，半眯着眼睛问道："关卿，你在想什么？"

"没有！"关卿矢口否认。

"你在生气？"

"没有！"

"那你就是看着小糊糊出生，眼红了？"

"没有！"

何霜繁大概已经猜到了事情的原委，但就是不挑开，甚至在一旁不温不火的来了一句。

"说好好工作几年，再考虑这些事情，现在又在这生什么闷气。"

关卿愤愤的转头怒视着何霜繁，强调道："我说好好工作是一回事，你要不要小孩又是另外一回事，不要告诉我你不喜欢小孩。"

"那，喜欢小孩是一回事，生不生又是另外一回事，何况，我还没玩够。"

"什么？"没玩够？这话一出来，关卿整个蒙在了那里，他居然还想在婚后玩？

何霜繁别关卿板着的脸逗笑，一把将她搂在怀里，贴在她耳边，温润的声音穿过耳膜，撞进关卿心里。

"我这人向来自私,对于不得不割舍的东西,只能将它尽量延后,就像我不愿意和别人分享你的爱一样,哪怕那个人是我儿子。"

关卿被她说的脸一红,羞怯的反驳:"那万一是个女儿呢?"

"我怕你吃醋,所以我一定会很努力的。"

"万一他忽然来了呢?"

"那就只能幸苦我妈了。"

"那……"

何霜繁轻笑着打断:"关小姐如果还有问题的话,我们不妨回房间讨论。"

不待关卿回应,何霜繁一把抱起她,径直奔向卧室。

……

加入小花阅读
共建有爱国度

— 致 —

所有热爱在小说异次元里
吃糖 OR 吞刀的小透明们

爱脑洞 也爱黑洞
爱太太 也爱 CP
爱傻白甜的糖块
也爱血淋淋的刀
爱和懂我的人 一起创造和谐世界

小花阅读 我们只写有爱的故事
小花大本营微信请扫